KB057847

사진을 많이 찍고
이름을 많이 불러줘

사진을 많이 찍고
이름을 많이 불러줘

김안 김엄지 김유담 김진규 김혜나 손보미 신동옥 이병국 임성순 장은아 정무늬 최미래 최지인

B_공장

책을 펴내며

　우리는 지금까지 한 번도 경험하지 못한 아주 특별한 시대를 살고 있다.

　어느 날 갑자기 우리에게 닥친 전대미문의 코로나19는 기존의 사회질서를 무너뜨리고 이제까지와는 다른 방식의 삶을 요구하고 있다. 사회적 만남이 중지되고 사람 간의 거리두기가 강조되고 있다. 자연스럽던 것이 부자연스러워졌고, 당연하던 것이 당연하지 않게 되었다. 코로나19는 경제, 윤리, 종교, 문화를 비롯한 우리 삶, 전 방향을 통제하고 있다.

　이 재난이 언제 끝날지 아무도 예측할 수 없다. 코로나와 함께 살아야 한다는 것이 어쩌면 유일하게 가능한 예측일 것이다. 적어도 코로나 이전처럼 살지 못하리라는 건 확실하다.

우리는 이런 시대를 한 번도 살아본 적이 없기 때문에 이 상황에 어떻게 맞서야 할지 알지 못한다. 다르게 사고하고 다르게 행동하고 다르게 살 것을 강요받는 이 대전환의 시기에, 우리는 어떤 삶의 태도를 가져야 할지 몰라 우울하고 혼란스럽다.

지금 문단에서 활발하게 활동하고 있는 젊은 소설가와 시인들이 이 갑작스러운 코로나 시대와 맞닥뜨려 겪은 자신의 경험을 바탕으로 우리가 살아내야 할 이 시대에 대한 사색을 보내왔다. 강요된 거리, 중단된 일상, 감염에 대한 두려움, 그리고 바뀌어가는, 바뀔 수밖에 없는 사회적 관습에 대한 성찰의 기록들이다. 당황과 혼란 속에서도 개인 간의 거리에도 불구하고, 그 때문에 더욱 소중해진 가족, 친구, 이웃과의 소통과 관계에 대한 희망을 조심스럽게 피력하고 있다.

어떻게 보면, 코로나 시대가 우리에게 요구하는 '다른 삶의 방식'은 실은 전혀 새로운 것이 아니라는 생각을 하게 된다. 오히려 우리가 알고 있던 것, 알고 있었으나 소홀히 했던 것, 그래서 우리가 잃어버렸던 것들을 회복하는 것이 아닐까. '사진을 많이 찍고 이름을 많이 불러줘.' 그처럼 사소하고 일상적인 것. 이 문장 안에 소박하지만 간절한 그 희망의 말이 응축되어 있다.

2020년 8월
편집부

차례

책을 펴내며

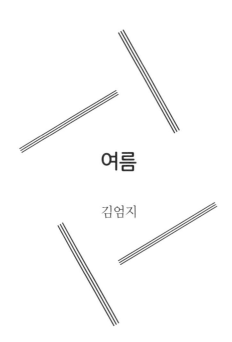

여름

김엄지

김엄지

1988년 서울 출생.
2010년 〈문학과 사회〉 신인문학상으로 등단.
2016년 김준성문학상 수상.
작품으로 장편소설 『주말, 출근, 산책 : 어두움과
비』, 『폭죽무덤』이 있으며, 소설집 『미래를 도모하
는 방식 가운데』가 있다.

1

주말은 아름답게 지나가야 한다.

아름다운 주말이란 어떤 것일까.

길을 걷다가 버려진 마스크를 보았다.

오늘은 일요일이었고, 하루 중 반나절을 카페에 앉아 있었다.

흰 마스크를 벗었다 썼다 하면서.

샌드위치 두 개와 커피 한 잔을 마셨다.

카페 창가 자리에 앉아 노트북을 열고 안 읽은 이메일 2938개 중 1000여 개를 지웠다.

가끔 사람들과 눈이 마주치기도 했다. 눈만 드러낸 얼굴이 다 드러난 얼굴보다 더 많은 것을 보여주기도 한다. 카페 안에서 마스크를 쓴 사람들이 끊임없이 수다를 떨고, 개중에 마스크를 벗은 채 과외를 진행하는 남자도 있었다.

카페에서는 뭔가 마시고 먹어야 하니까. 당연하다는 듯이 마스크를 벗는 사람들이 있다.

내키는 대로, 때에 따라 마스크는 반드시 써야만 하고, 가끔은 벗어도 상관없는.

코로나19는 이제 질병이라기보다 하나의 기분이 된 것 같다.

8월이 되었다.

'이렇게 2020년이 지나가고 있구나.' 이 생각은 6월 1일에도 7월 1일에도 마찬가지였다.

방문에 걸어놓은 스케줄러는 아직 7월의 것이고, 7월에 했어야 할 일 중에 마무리된 것은 아직 없다.

8개월 동안 만나지 못한 사람이 있다.

서로의 건강을 걱정하면서 다음달로 미루는 약속이 있다.

어디로 가고 있는 걸까 이 계절이.

1월 말부터 7월 말이 될 때까지 내가 만난 지인은 단 두 명이었다.

그간에 나는 가족들만 만나며 지내왔다. 그런 걸 보면 가족은 소중한 걸까.

나도 참, 그렇게까지 사람을 안 만날 필요는 없는데.

어쩌면 나에게는 이런 생활이 맞는지도 모르겠다.

집안에 오래 머무는 생활이 지겹기도 하지만 편하기도 해서 밖으로 잘 나가지를 않는다. 요즘은 가끔 카페에 가거나 집 근처 천변을 걷는 정도이다.

코로나19 바이러스가 급속도로 퍼지던 2월에 요가학원 회원권을 양도했다. 요가회원권을 넘기고 나자 주기적이고 공식적인 나의 외부 생활이 끝이 났다.

겨울이 끝나고 봄이 되었을 때 계절을 믿을 수가 없었다.

베란다 밖 풍경이 일제히 초록이 되고, 저렇게 해가 쨍한데, 바이러스가 산산조각날 것도 같은데. 봄에 나는 6월 즈음 코로나 종식을 예감하고 있었고.

내 예감은 곧잘 빗나간다. 뭐가 지나가고 뭐가 다가오는지 앞이 잘 보이지 않았다.

봄이 지나 중복이 지나, 태풍이 불어 닥치고 있다.

곧 가을이 될 테고, 그게 아니라면 갑자기 겨울이 되겠지.

2

얼음틀에 물을 붓고 물이 얼기를 기다린다.

얼음이 급한 사람처럼 냉동실에 급속냉동버튼을 누른다.

8월은 8월이니까. 새로운 약속을 몇 만들었다.

8월의 주말, 일요일마다 친구를 만나고, 8월 마지막 주에는 친구가 아닌 사람을 만날 것이다.

얼마나 반가울는지. 얼마나 빨리 헤어질는지.

집에서 오래 머물다보니 뭘 입어야할지 하는 걱정이 없다. 장롱 안에 대부분이 버려도 상관없는 것들이고, 버려야만 하는 것들이다. 그래도 아직 버린 것은 없다. 왜 못 버리는 걸까. 4년 동안 입지 않은 형광색 반팔과 형광색 반바지. 장롱 안에서 옷이 썩지는 않겠지만.

장롱정리를 하기는 했다. 장롱 내부에 맞는 칸막이를 구입해 설치했다. 그리고 다시 칸칸이 물건들을 구겨 넣었다. 빠른 청소가 필요할 때 나는, 방안에, 눈앞에 펼쳐진 모든 것들을 장롱 안에 집어넣는다. 새로 설치한 칸막이 덕에 잡동사니를 더 효율적으로, 덜 지저분하게 넣을 수 있게 되었다.

한 달 전쯤, 침대에 누워 있던 나는 절망감을 느꼈다.

이건 절망감이 아닐까, 하는 추측이 그런 결론을 만들었다.

나는 나에게 어떤 규칙도 주지 않고, 단호함이 없다.

나는 나에게 최대한의 모든 것을 허용하고 평안을 주지는 않는다.

평안은 늘 어렵다.

이 바이러스의 결말이 곧 이 세상의 결말이다. 침대에서 두려움을 느꼈다. 손에서 핸드폰을 놓지를 못하고. 코로나 19와 관련된 갖은 추측들을 미디어로 접했다.

1월부터 7월까지 내가 보아왔던 숱한 유튜브 영상들과 뉴스들.

미디어 중독이 아닐까.

바이러스보다 전자파가 더 해로울 수 있고.

무너진 기분 위에 무너진 기분이 쌓이고.

무너지기 전에는 깨졌고 깨지기 전에는 온전했을까.

얼음틀에 헛개수를 넣고 얼린다.

얼린 헛개수는 생수를 얼린 것보다 입안에서 잘 부서지고, 누룽지 맛이 난다.

다이어트에 좋을 것 같은 맛인데, 시도해보고 싶지만 다이어트용으로 얼린 헛개수를 끼니 대신 먹어본 적은 없다.

곧잘 다니던 요가학원을 뚝 끊고, 외출을 줄인 지 5개월이 지나자 체중이 3~4kg 늘었다.

체중만 늘어난 것이 아니라 기존에 근육은 사라지고 그 자리에 지방이 차게 된 것 같다.

늘 찌뿌듯하고. 여러모로 건강 걱정이 된다.

요즘 내가 즐겨먹는 것은 김치와 참기름을 비빈 밥이다. 그

걸 하루에 네 그릇은 먹는 것 같다. 무슨 욕구불만이 있어서
가 아니라 맛이 있어서.

집안에 머무는 시간이 길어지니 어떻게 끼니를 때울 것인
지 더 고민하게 됐다. 안 그래도 입에 사치를 많이 부리는 편
인데.

지나간 봄, 달고나 커피니 수플레케이크니, 거품을 내서 만
드는 음식이 코로나19와 함께 유행했었다. 인터넷쇼핑몰마다
모터 달린 거품기가 동이 나고. 이상한 일이 아닐 수 없지만,
나도 전동거품기를 하나 구입해서 이것저것 만들어 먹었다.

냉동 닭을 주문해서 냉동고에 쟁여놓기도 했다. 닭을 꺼
내 끓여먹고 구워먹고 샐러드로 해먹고, 황태해장국이나 미
역국, 김치찌개에 닭다리를 넣고. 닭 가슴살은 장조림으로 한
통 만들어 두고. 뭐든 상하지 않게 빨리빨리 먹어 해치웠다.

3

안다, 알고 있다.

알게 되거나 곧 다시 모르게 될 것들.

사람들은 아는 말만 하지는 않는다. 모르는 말을 더 많이
한다.

일주일 전, 거실에서 경보음이 울렸다.

경보음이 맞을까. 내가 틀어놓은 영상에서 흘러나오는 소리는 아닐까. 헷갈렸지만 경보음이 맞았다. 불이 났으니 대피하라는 안내가 천장에서 흘러나왔다. 베란다와 현관을 오가며 밖을 내려다봤다. 타는 냄새가 나지는 않았다. 밖이 조용한 가운데 소방차 두 대와 경찰차 한 대가 천천히 아파트 정문에 들어서는 모습이 보였다. 소방훈련쯤 될 것이라 생각했지만 경보음은 멈추지 않았다.

무엇을 가지고 나가야 할까. 나는 거실에 서서 잠깐 생각했다.

빈손으로 나가는 것보다는. 뭘 챙겨 나가면 좋을까.

내려다보이는 소방차 주변에 사람들은 느리게 움직이고, 불이 났다면 저렇게 여유롭게 움직일 수 있을까?

아무도 탈출하지 않는데요? 이 경보음의 정체는 뭔가요? 나는 묻고 싶었지만 아파트 관리사무소의 전화번호는 검색되지 않았다.

망설이고 아무것도 결정하지 않는 동안에 다시 안내방송이 흘러나왔다.

8층에서 화재가 있었지만 스프링클러가 잘 작동되었고 현재 안전하다.

안내방송 멘트는 세 번 반복되었다.

현재 안전하다는 말은, 경보음이 훈련이거나 오류가 아니었음을 알게 해주었다.

그날 오후 더 알게 된 것은 이 아파트에서 내가 모르는 크고 작은 화재가 몇 번 있었다는 것이었다.

그날 밤도 어김없이 고등학교 동창들의 단체 채팅방에서는 하루 사이 각자 겪은 불안함, 불만이 전시되었다. 나는, 내 아파트 8층에서 화재가 있었다는 사실을 알렸다. 동창들과 나는 서로 조심하자는 말을 주고받았다. 조심해봤자 바이러스는 어떻게 피할래? 그런 말이 채팅창에 등장하고. 익살스러운 이모티콘 몇 개가 주르륵 올라왔다. 죽음을 암시하는 말들이 농담조로 이어졌다.

4

그래도 여름이니 래쉬가드를 샀다.

형광주황색과 연보라색, 형광연두색.

세 벌의 래쉬가드를 넓은 책상에 펼쳐두고 내려다보면서 청량감을 느꼈다.

왜 세 벌이나 샀냐하면. 원 플러스 원 행사가 진행 중이기도 했고, 내 기분이 뭔가를 원했다.

밝은 것, 밝은 많은 것.

오후 여섯 시 반쯤 베란다 창을 통과한 빛이 책상에 비쳐들었다.

길쭉한 세모 모양으로 주황색 빛 조각이었다.

손으로 잡으면 건져올릴 수 있을 것 같은 선명함이었다.

그리고 곧 하루가 끝이 났다.

나는 점점 더 무심해지는 것 같다.

지역 긴급재난지원금을 쓸 수 있는 기간이 지난 것도 모르고 8만5천 원을 나라에 반납했다. 무신경의 결과라고 밖에는.

기간을 안내하는 문자메시지를 받고서도 무심하게 메시지를 삭제하고. 지운 내용을 불쑥 기억해내고. 지금쯤 어디에 있을까. 내 8만5천 원.

처음부터 내 돈이 아니었던 것이다, 생각해보지만 내 몫이 맞았는데 내가 놓쳤다.

외출이 줄었지만 생활비 지출은 줄거나 늘지 않았다.

코로나19는 불타는 테마지. 그런 말을 들은 적이 있다. 내 주위에 몇은 주식을 새롭게 시작하고, 재미를 보기도 했다고. 또 다른 누군가는 재미를 보고 싶은데 손에 쥔 게 없어서 시작하지 못한다고 했다.

나는 주식이건 뭐건 뭘 새롭게 시작할 마음이 없다.

벌여놓은 일들이나 마무리하고 싶다. 그런데 마무리가

될까.

코비드19 종식 선포가 되는 그날에도 여전히 세상에는 코로나바이러스가 떠돌아다닐 것 같은데. 누군가에게 죽음을 주는 이름이 또 다른 누군가에게는 떠오르는 테마가 될 수 있다니. 아무것도 끝나지 않을 것 같다.

5

오늘은 일요일이었다. 통유리를 마주한 바 형태의 카페 테이블에 자리를 잡은 나는 샌드위치 두 개를 먹는 동안 사람들을 쳐다보거나 노트북에서 뭔가 검색하고 또 검색했다. 무엇도 창조하지 않았고, 창조된 것이라면 새로운 피로뿐이었다. 피곤이 자의는 아니었으니 뭐라 더 할말이 없다.

해가 질 무렵 카페를 나서며, 이 기분은 또 뭘까, 헤아렸다.

기껏 밖에 나와도 오래 앉아 있어서 허리만 아프니.

왜 오래 앉아 있었을까? 샌드위치를 두 개 먹으려고? 그건 아닌데.

매번 하는 생각들이 거기서 거기라 나 스스로도 지겹다.

지겹도록 집에만 있다 보면 경보음을 들어야 하고, 장롱 속의 것들을 버릴 결심을 하기도 한다. 1월부터 7월까지. 한 번도 미용실에 가지를 않고, 노래방, 치과, 피부과에 가지 않았다. 또 어디에 가지 않았을까. 계절이 몇 번 바뀌는 동안 버스를 타지 않았다. 종로, 이태원, 홍대, 여의도에 가지 않았다. 언제부터 언제까지, 어디에 가지 않았다는 것, 그게 뭐 대단한 일은 아니다. 앞으로도 오래 집 근처만 배회하며 살 수 있을 것 같다.

카페에서 나와 편의점에 들러 맥주를 네 캔 샀다. 그리고 천변으로 걸었다.

마스크를 쓴 많은 사람들이 천변에 나와 걷고 있었다.

먼지 같은 작은 벌레들이 눈앞에서 날리고 손을 내저어도 계속 그 앞에 둥 떠있었다.

얼마 걷다가 물가에 판판한 돌을 찾아 앉았다.

물 건너에 나처럼 혼자 앉은 사람이 있었다, 그 사람은 손에 핸드폰을 쥐고 있었고, 그 사람 표정이 보이지는 않았다.

맥주를 한 캔 비우자 시야가 어두워졌다.

지금 분명히, 모기가 내 발목을 물었다. 나는 확신했다.

아니. 모기가 아니라 다른 벌레일지도 모르지. 좀 더 나쁜 생각을 시작했다.

맥주를 두 캔 비우자 내 옆으로 세 명의 남자아이들이 앉았다.

셋 다 마스크를 썼지만 아이들다움이 가려지지는 않은 아이들이었다. 학원을 마치고 돌아가는 길인지 어쩐지 목소리에서 해방감이 느껴졌고, 단지 내 기분에 그렇게 들리는 것일 수도 있었다.

나는 흙바닥을 내려다 보았다.

뭐가 자꾸 나를 무는 걸까.

세상에는 벌레가 주는 질병도 많으니.

벌레도 질병도 세상에는 너무 많고. 사람이 많다. 말이 많다.

문득 고개 들어 앞을 보자 물 건너에 앉아 있던 사람이 사라지고 없었다.

조용해서 옆을 보니 세 명의 아이들도 다 집으로 간 모양이었다. 나도 사라져야지. 생각하자 머리가 뚝 떨어질 것처럼 무거워졌다.

여름일까. 지금 여름이라기엔 너무 시원한데. 고개 숙이고 뭔가 예감해보기도 했다. 이 계절의 시작과 끝을 나는 모르고, 이미 지나간 것들이 더 먼 곳으로 가고 있었다. 여름에서 여름까지 지난하고 쏜살같은.

사진을 많이 찍고,
이름을 많이 불러줘

손보미

손보미

1980년 서울 출생.
2009년 〈21세기문학〉 신인상 수상.
2011년 동아일보 신춘문예 「담요」 당선.
작품으로 소설집 『그들에게 린디합을』, 『우아한
밤과 고양이』, 장편소설 『디어 랄프 로렌』, 『작은
동네』 등이 있다.

7월 16일에 아주 오랜만에 케이가 내게 이메일을 보내왔다. 그동안은 '라인'으로 서로 안부를 주고받았는데, 아무래도 이번엔 내가 마음에 쓰였는지 오랜만에 긴 메일을 보낸 것이다. 그녀는 지금 맨해튼에 있다. 그러니까, 이십 년째 맨해튼에 거주중이다. 우리가 마지막으로 만난 건 작년 겨울이다. 그녀는 일 년에 한 번씩, 11월 말이 되면 자신의 가족을 만나러 서울에 온다. 그녀가 서울에 오면, 내가 뉴욕에 놀러 갔을 때 그러한 것처럼 우리는 며칠 동안 만나서 먹고 논다. 서울에서 마지막으로 만났던 날, 케이는 망원동도 구경하고 싶고, 평양냉면도 먹고 싶다고 했다. 우리는 합정에 있는 평양냉면 집에서 냉면과 만두를 먹고 난 후, 버스를 타고 망원동으로 갔다. 버스 안에서 케이는 합정에서 먹은 평양냉면이 별로인 것 같다고 했고 나도 동의했다. 케이의 말투는 약간 조심스러우면서 신중한 편인데, 내용은 매우 매우 정직해서 때로는 신랄하게 느껴질 정도이다. 약간의 언발란스라고나 할까? 나는 그게 좋다. 내가 인사치레를 하거나 조금이라도 자조적인 말을 하면, 그녀는 미간을 찌푸리고 손을 흔들며 말한다. "아 제발 그러지 좀 마!" 그러고는 웃음을 터트린다. 나는 그녀가 그렇게 하는 게 좋다.

망원동의 디저트 가게에서 우리 둘 다 만족했다. 나는 마들렌을 좋아하지 않는데, 말차 마들렌이 정말 맛있었다. 디저트 가게의 영업이 끝날 시간이 되었기 때문에 우리는 할수없이 밖으로 나와야만 했다. 그냥 헤어지기 아쉬워서 우리는 여전히 문 연 가게를 찾아서 이리저리 걸어 다녔다. 본격적인 겨울이 시작되기 직전이었지만 충분히 차가운 밤공기 때문에 내 코끝이 빨개졌고 케이는 서둘러 장갑을 꼈다. 그리고 염려스럽다는 듯이 내게 말했다. "보미야, 너 장갑도 안 가지고 다녀?" 문 닫은 가게의 벽면에 거울이 달려 있는 걸 발견한 우리는 거울에 비친 우리의 모습을 찍었다. '빵'이라고 엄청 크게 쓰인 간판을 발견한 케이가 내게 말했다. "저기 가서 서 봐봐, 사진 찍어줄게." 내가 서서 익살스러운 표정으로 포즈를 취하자, 케이는 장갑을 벗고 재빨리 사진을 찍었고, 사진을 다 찍은 후에는 또다시 재빨리 장갑을 꼈다. 나는 지금 그날 찍은 사진을 보고 있다. 빵 간판까지 함께 찍느라 내 얼굴 표정은 잘 보이지도 않지만 나는 그 사진이 마음에 든다. 그 날 우리는 여러 가지 계획을 세워봤는데 그 중 하나는 함께 포틀랜드에 가보는 것이었다. 글쎄, 케이는 어떤 마음이었는지 몰라도 솔직히 나는 처음에 반신반의했다. 당연히 우리가 뉴욕이나 서울에서 만날 수 있을 것이다. 그렇지만, 함께 포틀랜드에 간다? 그게 과연 가능할까? 내가 미국을 방문한 시기에 맞추어서 그녀가 휴가를 얻을 수 있을까? 그녀는 그렇게 할 거라고 말했다. 꼭 그렇게 할 거야. 그렇게 우리는 약속을 했다.

올해 3월에 케이는 곤혹스러움을 느끼는 것 같았다. 회사는 재택근무를 시작했고, 음식이 떨어져가는데 사러 나가는 게 겁난다고 했다. 마스크를 껴야 하는 건지, 끼지 말아야 하는 건지도 쉽사리 결정을 내릴 수 없다고 했다. "글쎄, 메이시스 백화점 근처에서 동양인 여자가 마스크를 안 꼈다는 이유로 집단 린치를 당한 거야. 코로나 바이러스 주제에 마스크를 안 꼈다고 말이야! 전치 2주가 나왔대." 그런 일화를 듣고 있으면 무언가 절망스럽고 배신당한 기분이 들었다. 곤혹스럽기는 서울에 사는 나도 마찬가지였다. 우선 내가 시간강사로 일하는 학교들은 어떻게 해야 할지 갈피를 잡지 못했다. 개강일은 계속 미뤄지고, 모두 우왕좌왕했다. 비대면 수업이라는 단어가 처음 나왔을 때는 덜컥 겁이 났다. 그런 걸 내가 할 수 있을까? 수업에 필요한 그 모든 기술적인 방법들을 습득할 수 있을까? 알 수 없었다. 나는 피겨 경기 보는 것을 좋아하는데, 앞으로 몇 년 후에 정식으로 스포츠 경기가 열릴 수 있을지도 알 수 없었다. 그나마 2월 초에 목동에서 열린 사대륙 경기를 직관한 게 조금 마음의 위안이 될 정도였다.

다른, 조금 더(개인적으로는) 심각한 문제도 있었다. 나는 거의 모든 원고의 첫 문장을 내가 졸업한 대학교 도서관의 개가 열람실에서 썼는데, 도서관이 문을 닫아버린 것이었다. 7월 중순까지 단편 한 편과 경장편 한 편을 써야 했다. 다른 장소에서 원고의 첫 문장, 혹은 첫 장면을 시작할 수 있을까? 알 수 없었다. 이 모든 사태가 언제 끝나게 될까? 케이는 서울을 다시 방문할 수 있을까? 내가 다른 대륙을 방문할 날이 올까? 나는 원고를 쓸 수 있을까? 수업은 제대로 할 수 있을까? 아무것도 알 수 없었다.

3월 말에 내가 다시 케이에게 연락을 해서 집에 먹을 거는 좀 많이 사두었냐고 물어보니까 그녀는 이렇게 대답했다.

―ㅇㅇ 많이 사뒀어. 원래 집순이라 별로 힘들진 않아. 고

양이들만 신났지 내가 안 나가니까. ㅜㅜ

재작년에 케이네 집에 가서 봤던 그녀의 고양이들이 떠올랐고, 슬며시 웃음이 났다. 큰 고양이의 이름은 클로이인데, 내 기억으로 풍채가 늠름했다. 그날, 클로이는 내 무릎 위에 별로 거리낌도 없이 와서 앉았었다. 그 모습을 보고 케이가 자신의 이마를 쳤었다. 어쨌든, 그런 것이었다. 이 시국에 가장 이득을 보고 있는 생물이 있다면, 그건 단연 집고양이들─반려묘들(혹은 반려동물들)인지도 모른다.

우리 집에도 고양이가 있다. 그것도 두 마리씩이나. 내 고양이라고 할 수 있을까? 모르겠다. 왜냐하면 물고기군님이 나와 살기 한참 전에 길에서 데리고 와서 키우기 시작했기 때문이다. 나와 함께 살게 된 건 2013년 겨울 이후의 일이다. 첫째 고양이는 털이 온통 까만데, 눈썹 부분과 꼬리의 몇 가닥만 하얀 털이 있다. 이름은 '고로'이다. 이 이름은 물고기군님이 지어준 것이다. 둘째 고양이는 줄무늬 고양이다. 물고기군님은 뱅갈의 후손이라고 우기지만, 글쎄, 내 눈에는 그렇게 보이지 않는다. 너그럽게 봐주면 한 1/20 정도는 뱅갈의 피가 섞여 있는지도 모르겠다고 말할 수도 있을 것이다. 둘째 고양이의 이름은 '칸트'이다. 하, 이름이 칸트라니, 어쩌면 지금

이 글을 읽는 어떤 사람들은 고개를 도리도리 흔들지도 모른다. 송구스럽게도 칸트의 이름을 지은 건 다름 아닌 나이다. 내가 고양이의 이름을 칸트, 라고 지은 데에는 구구절절한 이유가 있지만 너무 구구절절하니까 여기서 밝히지는 않겠다. 이름을 내가 지었음에도 불구하고, 나는 칸트와 친하지는 않다(아닌가, 이름을 칸트, 라고 지었기 때문에 나와 칸트는 친하지 않은 걸까?). 이를테면 잠을 잘 때, 칸트는 한 번도 내 옆으로 온 적이 없다. 고로는 항상 내 머리 옆에서 잠에 들지만, 칸트는 언제나 내 배를 타고 넘어가서 물고기군님 배 위에 올라가서 꾹꾹이를 하다가 거기에서 잠이 든다. 심지어 내게는 꾹꾹이를 해준 적이 딱 한 번밖에 없다. 무려 7년을 함께 살았는데 말이다.

한 달 전쯤부터인가, 칸트는 더 이상 잠들기 전에 물고기군님의 배 위에 올라가지 않았고, 꾹꾹이도 하지 않았다. 어느 날 밤에 나는 이렇게 말했다. "쟤는 요즘 왜 저래?" 칸트는 빈 방에 가서 혼자 자기 시작했고, 약간 울적해 보였다. 몇 년 전에도 이런 일이 있어서 칸트를 병원에 데려간 적이 있었다. 그때 의사는 특별한 이상이 있는 건 아니라면서 약간의 기운을 북돋을 수 있는 약만 처방해줬었다. 아마, 물고기군님과 나는 둘 다 그때의 일을 염두에 두고 있었을 것이다. 눈에 띄게 칸트의 살이 빠져 보이기 시작한 때에야 우리는 비로소 무언가 문제가 생겼을지도 모른다는 생각을 하게 되었고, 동물병원에 가보기로 했다.

우리 집 고양이들은 정말로 겁이 많다. 나와 물고기군님은 TV에 나온 다른 고양이들을 보면 항상 굉장히 신기하게 여기는데, 왜냐하면 그런 식으로 누군가 촬영을 하러 우리 집을 방문한다면 우리 고양이들은 절대로 침대 밑에서 나오지 않을 것이기 때문이다(심지어 우리 집에 온 사람들 중에는 고양이가 산다는 사실을 까맣게 잊어버리는 경우도 있다). 나는 가끔 이렇게 말을 한다. "우리가 사회성이 좋지 않아서, 같이 사는 고양이들도 이렇게 되어버렸나 봐." 병원에 갈 때면 겁이 많은 우리 고양이들은 이동장 안에서 금방이라도 죽을 것처럼 울고불고 난리를 치곤 한다. 그렇지만 이번에 병원으로 가는 동안 이동장 속 칸트는 그저 조용하기만 했다. 병원에 도착하고 이동장 바깥으로 나온 칸트는 얼어붙은 것처럼 움직이지도 않았다. 그런 칸트를 보고 의사는 '착하다'고 표현했다. 엑스레이 사진을 찍은 후 의사는 사진으로만 봐서는 신장에 문제가 있는 것 같지는 않지만 더 정확하게 알기 위해서는 혈액검사를 해봐야 한다고 했다. 결과가 나올 때까지 시간이 조금 걸린다는 말에 우리는 병원 근처로 나와서 커피를 마셨다. 커피는 그저 그랬고, 커피를 마시면서 바라보는 여름의 하늘은 근사했다. 병원으로 돌아가자마자 나는 의사의 표정을 살피며 어떤 결과가 나올지를 예상해보려고 했지만, 잘 되지 않았다. 무표정한 의사는 일상적인 말투로 덤덤하게 칸트가 신부전을 앓고 있다고 말했다.

"인간으로 치면 투석을 받기 바로 직전 단계 정도라고 생각하시면 돼요. 아마, 기운이 없었을 거예요. 사료를 먹거나 물을 마실 힘도 없었을 거예요."

의사는 칸트의 신장이 이미 나빠질 대로 나빠졌고, 한번 손상된 신장이 나아지는 일은 없기 때문에 인공적으로 피하 수액을 맞히고, 약을 먹이면서 추이를 지켜봐야 한다고, 우리에게 약을 먹이는 방법을 설명하기 시작했다. 물고기군님이 설명을 듣고 있는 동안 나는 옆에서 눈물만 닦고 있었다.

"이런 식으로 수액을 맞히고, 약을 먹이면서 지켜본 후 열흘 정도 후에 다시 와서 검사를 받아봐야 합니다. 수치가 나아지면 이대로 쭉 관리를 하면서 살아가는 거고, 수치가 나빠지거나 잡히지 않으면 솔직히 저희도 앞으로 어떻게 될지 알 수가 없어요."

앞으로 어떻게 될지 알 수가 없어요, 라는 말.

징후들이 있었다. 그렇게 야옹거리기를 좋아하는 칸트가

울지 않기 시작했을 때, 사료를 잘 안 먹기 시작했을 때, 만져달라고 다가와서 앞발로 툭툭 건드리는 행동을 더 이상 하지 않았을 때, 더 이상 나를 귀찮게 하지 않게 되었을 때…… 왜 좀 더 빨리 알아차리지 못했을까? 일주일만 더 일찍 병원으로 데리고 갔다면, 뭔가 달라졌을까?

"그동안 칸트가 많이 아팠을까요?"

내가 훌쩍이며 질문하자 의사가 잠시 생각하다가 대답했다.

"그냥 기운이 없고 몸이 축축 처지는 그런 느낌이었을 거예요. 특별히 몸이 고통스럽게 아프거나 하지는 않았을 거라고 생각해요."

나는 케이에게 칸트가 아프다는 소식을 전해주었고, 7월 16일에 보낸 메일에서 케이는 마지막에 나에게 이렇게 썼다.

"사진을 많이 찍고, 이름을 많이 불러줘."

이름을 많이 불러주라는 그 문장 때문에 나는 또 다시 슬퍼졌다. 나는 왜 그녀가 그렇게 말했는지 알 것 같았다. 이름을 불러주는 그 일상적이고 사소한 행위가 이렇게 힘든 일이 될 줄은 그 전에는 미처 알지 못했던 것이다. 이름을 많이 불러주기는커녕 칸트 얼굴을 보는 것만으로도 통렬한 후회와 자책 때문에 나는 괴로워졌다. 어느 날, 나를 가볍게 안아준 물고기군님이 이렇게 말했다.

"보미야, 이게 우리에게 벌어진 일이잖아. 우리가 좀더 빨리 병원에 갔다면 뭔가 달라졌을 수도 있겠지. 하지만 우리는 그걸 선택하지 못했고, 이제 아픈 칸트가 우리의 삶의 일부가 된 거야. 이제부터 주어진 삶을 우리도 칸트도 열심히 살아야지. 안 그래? 나는 그렇게 생각하기로 했어."

아픈 칸트가 우리 삶의 일부가 된 거야.
사진을 많이 찍고, 이름을 많이 불러줘.

그런 식으로 우리의 삶은 조금씩 조정되기 시작했다. 일회용 주사기와 나비침, 알코올 솜을 잔뜩 주문하고, 아침마다 칸트에게 피하 수액을 맞힌다. 나는 약간의 주사 공포증이 있어서 물고기군님이 칸트의 목 뒤 피부에 주사 바늘을 꽂을 때는 그 모습을 절대 쳐다보지 않는다. 칸트가 수액을 맞는 동안 마음이 편안하라고 엉덩이를 두드리고, 주사 바늘을 뺀 후 알코올 솜으로 그 부위를 소독하는 게 내 임무이다. 물고기군님은 칸트에게 매일 네 알의 약을 먹인다. 처음에는 약을 주는 사람도 약을 먹는 고양이도 괴로워했지만, 이제는 제법 익숙해졌다. 집에 있을 때, 나는 칸트가 밥을 잘 먹고 있는지,

물을 잘 마시고 있는지 계속 체크해본다. 원래는 우리 집 고양이들은 고양이 정수기의 물을 마셨는데, 더 이상 칸트가 그 물에는 입도 대지 않아서, 매일 시간에 맞추어 투명한 물그릇에 물을 담아준다. 입도 짧아져서 좀처럼 뭘 먹으려고 하지 않기 때문에 습식 사료와 건식 사료 두 종류를 번갈아가며 먹인다. 때때로는 밥을 너무 먹지 않아서 억지로 앉아서 밥그릇 앞에 앉혀놓고 감시를 하기도 한다. 칸트가 밥을 열심히 먹고 있으면 마음속이 충분히 행복해져서, 작은 소리로 물고기군 님을 부른다. 혹시라도 큰 소리가 밥 먹는 데 방해가 될까봐, 칸트가 밥을 많이 먹는다! 라고 입 모양을 만들어 보여준다.

열흘 만에 방문한 병원에서 칸트는 다시 혈액검사를 했다.

"수치가 대부분 좋아졌네요. 일단 앞으로 하시던 대로 계속하시면서 추이를 지켜보도록 해요."

며칠 후, 케이가 내게 칸트의 안부를 물어왔고, 나는 많이 나아졌다고 대답해주었다. 케이는 다행이라고, 대답하고는 며칠 전이 자신의 생일이었다고 말했다(완전히 잊어버리고 있어서 미안한 마음이 들었지만 그런 걸 말하지는 않았다). 그녀는 조용히 혼자서 생일을 보냈다고 했다. 원래 그녀의 계획은 올해 생일을 파리에서 보내는 것이었다.

"파리에 또다시 갈 날이 올까?"

내 질문에 케이는 의외로 아주 낙관적으로 말했다.

"꼭 올 거야."

나는 그 말 속에 우리가 언젠가는 서울에서, 혹은 뉴욕에서, 혹은 포틀랜드에서 다시 함께 시간을 보낼 날이 올 거라는 의미가 포함되어 있으리라는 생각을 한다. 올해, 우리가 한 번도 원한 적이 없는 것들이, 상상지도 못한 방식으로 삶 속에 갑작스럽게 끼어들었다. 그동안 자연스럽다고 느꼈던 것들은 부자연스럽게, 그리고 부자연스럽다고 느꼈던 것들은 자연스럽게 받아들여야만 하는 상황에 놓이게 되었다. 눈에 보이는 문제점들이 있었고, 비극적인 죽음이 있었으며, 그리고 좀처럼 드러나지 않았지만, 부글거리는 문제점들도 있었을 것이다. 중요한 필수용품들이 재배열되고, 삶의 방식들을 바꿀 것을 요구받았다.

"그런데 올해 생일, 혼자 보내는 것도 솔직히 좀 좋았어. 조용하게. 루프탑에서 선탠하고 비싼 스시 시켜서 쏘우Saw 보면서 먹었어."

그 말을 들으니까 어쩐지 루프탑에서 썬탠한 후, 집으로 돌아와 비싼 스시를 먹으며 쏘우를 보는 케이의 모습이 머리 속에 너무 잘 그려져서 또다시 슬며시 웃음이 났다. 아마도 스시를 먹으며 쏘우를 보는 케이의 곁에는 풍채가 늠름한 클로이가 놀아달라고, 케이를 귀찮게 했을 것이다. 그런 식으로 삶은 지속되고 있다. 나는 동영상 강의를 만드는 것을 별로 어렵지 않게 생각하게 되었고(아니, 물론 어렵지만 내가 상상하던 만큼은 아니었다고 말해야 더 정확할까?), 새로운 카페를 발견해서 초여름 내내 원고지 500매 분량의 소설을 썼다. 나는 또다시 미래에 대한 기대를 한다. 칸트가 충분히 힘이 생겨서 다시 내 배를 밟고 물고기군님의 배 위로 올라가 꾹꾹이를 하는 모습을 상상한다. 케이와 서울에서 만나는 상상을 한다. 내가 다시 유럽 대륙을 방문하는 상상을 한다. 내가 졸업한 학교의 도서관 개가 열람실에서 소설을 쓰는 상상을 한다. 물론 여전히 알 수 없는 것들이 많다. 앞으로 어떤 식으로 삶이 흘러가게 될지 우리는 전혀 알 수 없다. 어떤 비극이 우리를 기다리고 있는지 알 수 없다. 그렇지만 우리는 그저 살아갈 뿐이다. 그러니까, 사진을 많이 찍고, 이름을 많이 부르면서. 서로에게 도움이 되기를 바라면서. 문득 그런 생각이 든다. 어쩌면 미래에 대한 약속을 가능하게 하는 것은, 실현 가능성보다 실현하고 싶은 마음의 절실함이 좌우하는 것인지도 모른다고.

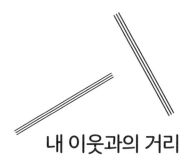

내 이웃과의 거리

김유담

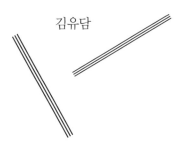

김유담

1983년 부산 출생.
2016년 서울신문 신춘문예에 「핀 캐리」가 당선
되어 작품 활동 시작.
소설집 『탬버린』이 있다.
제38회 신동엽문학상 수상.

정윤이 혜미를 알게 된 것은 지난 해 7월 K구의 대표 맘카페 육아 정보 게시판을 통해서였다. 아이의 돌잔치 관련 정보를 찾아보기 위해 카페에 접속한 어느 날 밤, 'H동 사는 원숭이 띠 맘이고요, 18년생 개 띠 아가 친구 구해요~'라는 제목으로 올린 혜미의 글에 정윤은 홀린 듯 댓글을 달았다. 정윤은 그동안 맘 카페 최소 가입 요건을 위한 게시글을 3개 정도 작성했을 뿐, 그 외에 다른 게시글이나 댓글을 써본 적도 없었다. 과거의 정윤이었다면 온라인 카페에서 누군가를 만난다는 것 또한 상상할 수 없는 일이었다. 그러나 육아휴직 후 혼자 아이를 키우며 보내는 시간이 고단하면서도 지루했고, 무엇보다 외로웠다. 근처에 살며 또래의 아이를 키우는 동갑 친구를 만난다면 더할 나위 없이 좋겠다는 생각에 정윤은 댓글로 카카오톡 아이디를 남겼다.

둘은 서너 차례 카카오톡으로 메시지를 주고받다가 바로 옆 단지에 거주한다는 사실을 확인하고, 크게 기뻐하며 만나기로 했다. 정윤은 단지 내 상가 스타벅스에서 혜미를 처음 마주한 순간, 저도 모르게 실소를 터뜨렸다. 알고 보니 정윤과 혜미는 동갑이 아니라 띠동갑이었다. 메시지를 주고받으면서 혜미도 당연히 자신과 같은 80년생 원숭이 띠일 거라고 했는데—돌이켜보면 혜미는 그런 말을 한 적이 없었다—혜미는 92년생 원숭이 띠였다

정윤과 혜미가 가까워지는 데에 열두 살이라는 나이 차는 큰 문제가 되지 않았다. 혜미와 정윤은 두 달 차이로 태어난 남자 아기를 키우고 있다는 공통점이 있어서 육아 이야기만으로 세 시간 넘게 대화를 이어갈 수 있었다. 정윤의 친구들은 비혼주의자가 대부분이었고, 이미 아이를 낳은 친구들은 삼십 대 초중반에 출산을 경험해 지금은 유치원이나 초등학교 학부모인 경우가 많아서 정윤과는 대화의 접점이 적었다. 혜미는 워낙 어린 나이에 결혼하고 아이를 낳아서 주변에 육아 이야기를 나눌 사람이 아무도 없다고 했다. 정윤은 혜미를 만나게 되면서 조금 숨통이 트이는 기분이었다. 정윤이 사는 S아파트와 혜미가 사는 B아파트는 담장 하나를 사이에 두고 있었다. 서로의 집 거실에 불이 켜져 있는지 아닌지 확인할

수 있는 정도로 가까운 거리였다. 늦은 밤 아이를 재운 후 혜미의 집에서 불이 꺼지지 않으면 정윤은 혜미에게 카카오톡 메시지를 보내곤 했다. 늦은 밤 메시지를 주고받을 때면 그들의 대화창은 눈물 이모티콘이 넘쳐났다.

 -완이도 안 자? 시준이도 ㅜㅜㅜㅜ 나 아직 육퇴 전 ㅠㅠㅠㅠ 오늘따라 너무 안 자네. ㅠㅠㅠㅠㅠ

 -언니, 저 이제 겨우 애 재우고 국 끓여요 ㅜㅜㅠㅠㅠ 이유식 때가 편해요, 유아식 시작하니 더 일이 많아요. ㅜㅜㅜㅜ ㅜㅜㅜㅜ

 혜미의 아들 완은 8월생, 정윤의 아들 시준은 10월생으로 완이 시준보다 두 달 빨리 태어났다. 완과 시준 모두 평균치의 성장과 발달 정도를 보이고 있어서 정윤은 혜미와 교류하며 앞으로 시준의 발달과 변화를 미리 예상할 수 있었다. 분유를 언제 끊어야 하는지, 유아식을 언제부터 시작해야 하는지 등 혜미는 정윤에게 많은 것을 알려주는 선배나 다름없었다. 요리나 살림에 도통 재능도 취미도 없는 정윤과는 달리 혜미는 손끝이 야무지고 살림 솜씨가 좋았다. 혜미가 아이의 이유식을 직접 만들어 먹이는 것은 물론, 돌떡과 떡케이크, 답례품 비누까지 직접 만드는 것을 보고 정윤은 혀를 내두를 정도로 놀랐다.

"언니, 제가 사서 고생하는 거 좋아해서 이러는 게 절대 아니에요. 어쩔 수 없어서. 돈 아껴야 해서요. 저희 하우스 푸어잖아요. 무리를 넘어서 영끌해서 집 산 거라 매일 쪼들려서 살아요."

혜미는 '영끌'이라는 말을 자주 했다. 신혼집을 구할 때 주택담보대출을 최대한도로 받고 신용대출까지 받는 등 집을 사기 위해 끌어당길 수 있는 모든 돈을 동원하고 나중에는 영혼까지 끌어 모았다며 한숨을 쉬었지만, 젊은 나이에 내 집을 마련했다는 뿌듯함 또한 그녀의 표정에서 묻어났다. 대출을 어느 정도 갚기 전까지 출산은 미룰 계획이었는데 허니문 베이비를 임신하게 되면서 일까지 그만두게 되고 졸지에 외벌이가 된 상황이라 더욱 허리띠를 졸라맬 수밖에 없다고 혜미는 풀죽은 목소리로 말했다. 혜미의 하소연을 들으며 정윤은 빙긋 웃었다.

정윤 또한 3년 전 이 동네에 신혼집을 알아보면서 혜미가 거주하는 B아파트를 둘러본 적이 있었다. 지은 지 25년이 넘은 B아파트는 입지는 좋은 편이지만, 평수에 비해 구조가 협소하여 공간 활용의 효율성이 떨어지고 주차 환경도 열악했다. 외벽의 페인트칠이 벗겨진 오래된 아파트 입구에 들어선 순간부터 정윤은 이곳에서 결혼 생활을 시작하기는 싫다는 마음이 들었다. 상우와 정윤, 부동산 중개업자 셋만 타도 숨이 막혀오는 듯한 좁은 엘리베이터를 타고 올라간 11층 집은 한강에서 불어오는 바람을 정면으로 받아 베란다 새시가 덜컹거렸고, 욕실 수도꼭지에서는 녹물이 흘러나왔다.

상우는 B아파트를 매입해 리모델링을 한 후 들어오자는 의견을 냈다. 결혼 당시 정윤은 서른여덟, 상우는 마흔넷이었다. 오랜 기간 직장 생활을 하며 각자가 모은 돈을 합치고, 모자란 돈은 대출을 받아 보태면 B아파트를 충분히 살 수 있겠다는 계산이 섰다. 하지만 정윤이 진저리를 치며 반대했다.

"저런 집이 5억이라니, 정말 서울 집값이 미치긴 미쳤나봐. 자기야, 나는 B아파트는 거저 준대도 갖지 않겠어."

실랑이 끝에 정윤과 상우는 바로 옆 단지에 위치한 신축 S아파트에 전세로 입주했다. 같은 돈이면 매매를 하는 게 낫지 않느냐며 계약 당시에 상우는 조금 툴툴댔지만, 신혼 생활의 달콤함 그리고 새 아파트의 쾌적함과 아늑함에 만족했다. 2년 후 전세 계약 만료 시기가 다가왔을 때 정윤 부부는 아파트 매매를 다시 한 번 심각하게 고민했다. 당시 만삭의 몸이 된 정윤은 2년 사이 주변 집값이 가파르게 상승하자 불안한 마음이 들었다. 더 오르기 전에 집을 사야 한다는 불안과 오를 대로 오른 집을 샀다가는 앞으로 집값이 떨어질 위험이 크겠다는 불안이 동시에 교차했다. 부부는 전세 계약을 연장하고 시장 상황을 관망해보기로 했다. 전세 계약 만료일이 정윤의 출산 예정일과 겹친다는 점도 이사를 결심하기 어렵게 했다.

"이사 안 가길 잘했어, 출산 준비만으로도 힘든 와중에 이사까지 했더라면 너무 무리가 됐을 거야."

출산을 하루 앞둔 날 정윤은 침대에 옆으로 누운 채 상우를 바라보며 말했다. 상우가 옅은 미소를 지으며 정윤의 배를 어루만졌고, 뱃속의 아기가 화답하듯 태동했다.

"그래도 다음 계약은 연장하지 말고, 적당한 곳으로 매매를 알아보자. 아이가 있으니 청약에 도전해보는 것도 좋겠어."

정윤의 배에 손을 대고 있던 상우가 자못 비장한 말투로 말했다. 상우도 아이의 태동을 손바닥으로 느낀 모양이었다. 정윤은 자신의 배 위에 있는 상우의 손등을 쓰다듬으며 웃었다.

"당신은 아빠가 된다고 하니 책임감이 크게 느껴지나 봐. 나는 아직 철이 없는지, 꼭 집을 사야 한다는 생각은 들지 않아. 그냥 2년씩 살고 싶은 동네에 살아보는 것도 좋다고 생각해 서촌에도 살아보고, 서래마을에도 살아보고……. 아이가 유치원생쯤 되면 2년 정도 해외 지사 발령을 신청해 보려고 해. 선배들 말로는 영어 유치원 보내는 것보다 훨씬 낫다던데."

정윤은 출산 일주일 전까지 국적기 항공사의 홍보팀에서 일했다. 결혼 전 프랑크푸르트에서 2년, 싱가폴에서 1년 반씩 주재원으로 근무한 경력도 있다. 세계 각지를 자유롭게 여행 다니고 싶다는 꿈을 품고 항공사에 입사해 틈나는 대로 여행을 다녔다. 스스로 역마살이 있다고 생각하는 편이라 한 곳에 터를 잡고 사는 건 지루하게 여겨지기도 했다.

"한 곳에 자리 잡고 오래 사는 게 아이에게 더 좋아. 나는 어릴 때 전학을 너무 많이 다녀서 어린 시절 추억을 나눈 친구가 없다고."

군인 아버지의 근무지를 따라 수없이 이사를 다녔다는 상우는 이사라는 단어만 들어도 넌덜머리가 난다며 고개를 저었다.

정윤은 상우도 여행을 좋아해 자신과 생각이 비슷한 줄 알았는데, 집 문제에 대해서는 가치관이 달라서 내심 놀랐다. 하지만 그런 상우의 모습도 귀엽게 느껴졌다. 그날 밤 정윤은 곧 태어날 아기는 엄마와 아빠 중 누구를 더 닮았을지 궁금해하며 잠들었다.

아이가 태어난 후 정윤과 상우는 각자가 중시하는 삶의 가치가 무엇인지, 앞으로 어떤 집에서 어떤 삶을 꾸려나갈 것인지에 대해 이야기를 나눌 시간이 전혀 없었다. 불혹의 나이에 아이를 낳아 키우는 게 이렇게 힘들 줄은 몰랐다. 아이의 수유, 아이의 배변, 아이의 구토, 아이의 목욕, 아이의 수면…… 그들의 대화 주제는 오직 아이뿐이었다. 그건 대화라기보다는 아이의 상태를 확인하며 서로가 해야 할 일을 분담하는 것에 가까웠다.

대기업 계열 유통회사를 다니는 상우는 회식과 야근이 잦은 편이라 아기가 잠들고 나서야 집에 들어올 때가 많았다. 정윤은 하루 종일 혼자 아기를 돌보며 손에 익지 않은 집안일을 하느라 밤마다 녹초가 되곤 했다. 아기는 너무 사랑스러웠지만, 한 생명을 키운다는 건 절대적인 희생과 엄청난 노동을 요구하는 일이었다. 정신적으로도 육체적으로도 피폐해지고 있다고 느낄 무렵, 정윤은 혜미를 만나면서 그녀에게 크게 의지했다. 혜미는 절약 정신이 지나치게 투철하다는 것 외에는 정윤과 죽이 잘 맞는 편이었다.

정윤과 혜미는 거의 매일 만나 나란히 유아차를 끌면서 동네를 산책했고, 카페에 마주앉아 이야기를 나눴다. 혜미는 스타벅스에서 커피를 시키지 않고, 스타벅스 텀블러를 집에서 챙겨와 음수대에서 물만 받아 마셨다. 이따금 정윤은 벤티 사이즈 커피를 주문해 혜미와 나눠먹기도 했다. 아기들이 걸음마를 시작하면서 같이 다닐 문화센터를 알아보다가 백화점 문화센터가 아닌 구립 문화재단에서 운영하는 유아 체육 프로그램을 수강하게 된 것 또한 혜미가 좀 더 저렴한 곳으로 다니길 원했기 때문이었다.

혜미와 그녀의 아들 완은 매주 수요일 정윤이 운전하는 차를 타고 정윤의 아들 시준과 함께 트니트니 체육 교실을 다녔다. 체육 수업이 끝나면 동네로 돌아와 서로의 집에서 번갈아가며 점심을 먹었다. 정윤은 혜미가 집에 오는 날에 평소 혼자서는 주문하기 어려운 배달 음식을 시켜 같이 먹는 것을 즐겼다. 혜미는 정윤이 집에 오면 직접 밥을 차려주었다. 김치찌개나 시금치된장국, 오징어볶음 등 혜미는 싸고 흔한 재료로도 맛깔나게 음식을 해서 정갈하게 내놓았다. 정윤은 매번 자신만 돈을 쓰는 것 같아 억울하다는 기분이 들다가도 혜미가 차려주는 밥을 먹으면 마음이 풀렸다. 자신은 아이를 돌보는 것만으로도 24시간이 모자라 허덕이고 있는데, 혜미는 언제 이렇게 국을 끓이고 밑반찬까지 만드는지 그저 신기할 따름이었다.

늦은 밤, 정윤이 아이를 재우고 혼자 맥주를 홀짝이고 있을 때면 혜미가 카카오톡으로 핫딜 링크를 종종 보내주곤 했다.

―언니, 지금 심야 깜짝 세일로 아기 세제 핫딜 떴어요. 최저가임. ㅋㅋㅋ 언니 그리고 내일 오전 10시에 티몬에서 기저

귀 한정 세일하시는 거 아시죠? 선착순이니까 잊지 말고 득템 하세요!

정윤은 혜미에게 고맙다는 인사와 함께 하트가 날아다니는 이모티콘을 보내면서 얕게 한숨을 쉬었다. 최저가와 핫딜 일정을 줄줄 꿰고 있는 혜미 덕분에 육아 물품을 저렴하게 구입한 적도 있었지만, 때로는 너무 피곤하다는 생각도 들었다. 혜미는 최저가 핫딜 구매 사이트 링크를 보내주면서 꼭 생색을 내곤 했다. 한 시간 가까이 여러 사이트를 방문한 끝에 찾은 최저가 쇼핑몰이라는 말을 들을 때면 몇 천 원 아끼는 것보다 네 시간과 몸을 아끼는 게 낫지 않느냐고 말해주고 싶었지만 억지로 참았다.

겨울이 지나는 동안 정윤과 혜미는 자주 서로의 집을 오가며 교류했다. 정윤은 혜미와 너무 붙어 지내는 것 같다며 당분간 만나지 말아야겠다고 다짐해 놓고서도, 다음 날이면 먼저 혜미에게 연락했다. 날씨가 춥고 미세먼지가 심해서 혜미의 집 외에는 아이를 데리고 나갈 수 있는 곳이 딱히 없었다. 시준과 완을 함께 놀게 하면 그나마 시간이 잘 갔다.

정윤은 어서 봄이 오기를 기다렸다. 봄이 오면 아기를 단지 내 어린이집에 보내, 기관에 적응하는 대로 복직할 계획을 세우고 있었다. 아기가 어린이집에 다니게 되면 다른 엄마들도 사귀게 될 테고, 복직 후에는 따로 혜미를 만날 시간을 내기도 어려울 거라고 생각했다. 새해가 밝자 정윤은 단지 내 어린이집에서 시준의 입소 확정 연락을 받았다. 2월 중순부터 적응기간을 시작하고 3월부터 정식 등원을 할 예정이라는 안내도 들었다. 단지 내 어린이집은 S아파트 주민 자녀들에게 입소 우선권이 있어서, 혜미의 아들 완은 결원이 생길 때까지 대기하거나 다른 어린이집에 다녀야 했다. 정윤은 내심 잘된 일이라 생각했다.

아기의 어린이집 입소만을 기다려 왔던 정윤은 코로나19 바이러스라는 재앙 앞에서 망연자실했다. 1월 말부터 대구, 경북 지역을 중심으로 코로나19 확진자가 폭발적으로 증가했고 수도권 또한 안심할 수 없는 상황이었다. 2월 중순으로 예정되었던 어린이집 입소도 무기한 연기됐다. 상우가 격일로 재택근무를 시작하면서 정윤은 더 우울해졌다. 남편이 집에 있는 동안 육아에 도움이 되기는커녕 회사에서 걸려오는 전화를 받는데 아이가 시끄럽게 군다고 눈치를 주기 일쑤였다. 가뜩이나 요리에 서툰 정윤은 외식까지 어려워지자 스트레스가 배로 늘어났다. 이런 답답한 마음을 들어주는 유일한 사람이 혜미였다. 정윤은 상우가 재택근무를 하는 날이면 혜미의 집에 아이를 데리고 건너가 시간을 보냈고, 때로는 혜미에게 미안한 마음에 자신의 돈으로 배달 음식을 주문해 같이 먹기도 했다.

"언니, 감사해요. 매번 이렇게 얻어먹기만 해서 어떡하죠?"

혜미는 여러 번 인사를 하면서도 한 번도 대신 밥값을 낸적은 없었다.

코로나19 확진자가 늘면서 전국적으로 마스크 품귀 현상이 빚어졌다. 그즈음 혜미는 밤마다 최저가 마스크를 알아보느라 바빴다. 정윤이 아이를 재운 후 카카오톡 메시지를 보내 뭐하고 있냐고 묻자, 혜미는 마스크를 사려고 알아보는 중이라고 했다.

─집에 남은 마스크가 얼마 없어서 너무 불안하네요. 완이아빠는 매일 대중교통으로 출근해서 하루 한 개씩 꼭 필요한데…… 미세먼지 마스크 미리 쟁여둘 걸 ㅜㅜ 언니는 마스크많이 갖고 계세요?

─아니, 우리도 얼마 없어. 상우 씨는 회사에서 마스크가나와서 괜찮고, 나도 거의 외출은 안 하니까 버티려면 버틸수는 있겠는데 앞으로 마스크 더 구하기 힘들게 된다고 하니불안하긴 해. 지금 검색하니까 한 장에 2천 원짜리도 품절이고 한 장 4천 원짜리만 있는데? 이거라도 사야 하는 거 아닐

까? 전 세계적으로 한국산 마스크만 찾아서 물량이 없대. 나는 그냥 이거 살까봐. 30장 묶음에 12만 원이지만 병 걸리는 것보단 낫지 않을까?

－헉 ㅜㅜ 원래 한 장에 600원도 안 하던 건데 저는 그 돈 주고는 못 사겠어요. 언니 저 좀 더 알아보다가 잘게요. 먼저 주무세요.

정윤은 비싼 값에 마스크를 사면서 속이 쓰렸지만, 마음의 평화를 돈으로 샀다고 생각하기로 했다. 잠시도 가만히 있지 않는 15개월짜리 남자 아기와 하루 종일 씨름하는 것만으로도 힘에 부친데 마스크까지 시간을 내어 알아볼 여력이 없었다.

상우가 집에 있는 시간이 길어지자 부부싸움도 잦아졌다. 그즈음 상우는 부동산 어플을 수시로 확인하면서 신경이 부쩍 예민해졌다. 하루가 다르게 서울 아파트 값이 뛰고 있었다. 지금 그들이 살고 있는 집도 한 달 사이에 3천만 원, 석 달 사이에 1억 원이 올랐다고 했다. 정윤은 가파르게 상승하는 실거래가 그래프를 눈앞에 마주하고도 그것을 현실적으로 체감하기 어려웠다. 직장생활을 하며 직접 돈을 벌 때에 비해 돈에 대한 감각 자체가 무뎌진 것 같기도 했다. 그런 와중에 회사 인사팀에서 정윤에게 먼저 연락이 와서 복직을 미루는 게 어떻겠느냐고 제안했다. 여객 수요가 급격하게 하락해 근무 중인 직원들에게도 휴직을 권하는 상황이라고 했다. 정윤은 복직이 무산된 것에 낙담했다. 하지만 코로나19의 확산세가 심각한 상황에서 아이를 어린이집에 맡기는 것도 불안하기는 마찬가지였다. 육아휴직을 연장하는 것 외에는 다른 대안이 없었다.

출산과 동시에 다니던 회사를 그만둔 혜미는 정윤의 속상한 마음을 이해하지 못했다.

"언니, 차라리 잘 된 일일지도 몰라요. 두 돌 전까지는 엄마가 곁에 있어야 아이 정서에 좋대요."

혜미는 건성으로 위로의 말을 던지고 있을 뿐, 핸드폰을 보면서 마스크를 검색하느라 바빴다.

"오늘 아침 9시에 홈쇼핑에서 마스크 판다고 해서 기다렸는데 1분 만에 매진된 거 있죠? 언니, 저 마스크 찾느라 지난이틀 밤 내내 한숨도 못 잤어요."

붉게 충혈된 눈을 깜빡거리며 혜미가 말했다. 보다 못한 정윤이 자신이 산 마스크를 10장 나눠줄 테니 제발 그만 좀 찾아보라고 달래듯 말했다.

"언니, 그거 비싸게 주고 사신 거 아니에요? 제가 어떻게 그걸 받아요. 괜찮아요, 다시 찾아볼게요."

"아냐, 그러다가 혜미 씨 몸 상하겠어. 장당 4천 원 주고 사긴 했는데, 지금 그것도 품절이더라. 비싸게 산 것도 아니야. 이제 국산 KF94 마스크는 장당 5천 원은 줘야 살 수 있던데? 3월 초부터 공적 마스크 판매될 거라니까 내가 준 거 쓰면서 그때까지만 버텨봐."

"너무 죄송해서요…… 그럼 제가 그거 돈 주고 살게요."

"아냐, 우리 사이에 돈은 무슨…… 됐어. 정 그렇게 마음 불편하면 줘도 되고. 진짜 난 괜찮으니까 혜미 씨 편할 대로 해."

"고마워요, 언니."

혜미는 당장 지갑에서 4만 원을 꺼내 줄 것처럼 굴다가 따로 돈을 내놓지는 않았다. 한두 번 겪는 일도 아니라 정윤은 그저 피식 웃고 말았다. 열두 살이나 어린 동생에게 그 돈을 받는 것도 면이 서지 않을 일이었다.

봄꽃이 환하게 폈다가 지고 계절이 바뀌어 여름이 됐다. 사회적 거리두기가 완화되기는 했지만 곳곳에서 지역 감염이 진행되고 있다는 보도가 나올 때마다 정윤은 가슴이 철렁했다. 정윤이 가족 외에 얼굴을 마주하고 대화를 나누는 사람은 이웃에 사는 혜미밖에 없었다. 사회적 거리두기가 강조될수록 혜미와의 거리는 더욱 밀착되는 것처럼 느껴졌고, 그럴 때마다 정윤은 답답함을 느꼈다.

상우가 다니는 회사도 코로나19로 직격탄을 맞아 실적이 영 좋지 않은 모양이었다. 퇴근 후 상우가 피곤하다는 불평을 늘어놓을 때마다 정윤은 속이 상했다. 참다못한 정윤이 결국 폭발해 상우에게 소리를 질렀다. 나도 곧 복직해 돈 벌 테니 혼자만 돈 버는 양 유세 떨지 말라고 정윤이 목소리를 높이자 상우는 우리가 아무리 열심히 벌어도 집 한 채도 못 사게 됐다는 말을 한탄조로 내뱉었다.

"지금 복직이 문제가 아니야. 결혼할 때 집을 샀어야 했는데, 이번 생에 우리가 집을 사는 건 포기해야 할지도 몰라. 지금 옆 단지 집값이 얼마인 줄 알아? 네가 거저 줘도 가지지 않겠다고 한 B아파트가 지금 10억이 됐어."

상우가 정윤에게 원망에 가득 찬 목소리로 말했다.

"10억?"

정윤이 벌떡 일어나 되물었다. 그 집이 10억이라고? 녹물이 나오고 베란다 새시가 덜컹거리던 그 집이? 그러니까 지금 혜미가 사는 그 아파트가?

정윤은 한 대 맞은 것처럼 뒤통수가 얼얼했다. 4천 원짜리 스타벅스 커피 한 잔 사 마실 돈도 없다고 엄살을 떠는 혜미가 10억짜리 집을 소유한 자산가라니, 천 원이라도 더 싼 기저귀 핫딜을 찾느라고 밤잠을 설치는 혜미를 궁상맞다고 속으로 비웃었는데 오히려 혜미 입장에서는 마흔 살이 되도록 내 집 마련도 하지 못하고 돈을 쉽게 써대는 자신이 더 우스워 보였겠다는 생각이 들었다.

그날 밤 정윤은 네이버 부동산에 접속해 주변 집값 실거래가를 살펴보다가 혼자 맥주를 벌컥벌컥 들이켜며 분을 삭이려 애썼다. 왜 이렇게까지 화가 나는지 자신도 모를 일이었다. 그때 마침 혜미에게서 메시지가 왔다.

―언니 아직 안 주무시나 봐요. 거실에 불이 켜져 있네요^^ 내일 혹시 마트갈 일 없으세요?

―마트는 왜?

―이마트에서 비말 마스크 세일한다고 해서 내일 가보려고 하는데 같이 안 가실래요? 여름 되니 KF94 마스크는 너무 두꺼워서 못 쓰겠어요.

이마트는 집에서 차로 10분 거리였다. 혜미가 마트에 같이 가자는 건 정윤의 차를 나눠 타고 싶다는 뜻이었다.

―글쎄, 난 마스크 많아서 괜찮아. 마스크 얘기가 나와서 말인데, 혜미 씨 지난 2월에 나한테 마스크 값 4만 원 준다고 하더니 왜 아직 안 줘?

―아…… 그거요, 언니가 괜찮다고 하셔서 저는 그런 줄 알

고요……. 죄송해요, 다음에 만날 때 드릴게요.

―아냐, 이런 건 말 나왔을 때 주고받는 게 나아. 다음에 만나서 또 이 이야기 꺼내고 싶지 않네. 내가 계좌번호 보낼게. 이쪽으로 부쳐줘.

정윤은 평소와는 달리 어떤 이모티콘도 쓰지 않은 채 건조하고 사무적인 말투로 메시지를 보내고 계좌번호를 남겼다. 그날 밤 혜미는 정윤에게 아무 답신도 하지 않았고, 돈도 부치지 않았다.

혜미가 다시 메시지를 보내온 건 그로부터 사흘이 지난 후였다.

―언니 그때 주셨던 마스크랑 같은 걸로 10장 사서 돌려드려요. 현관 문고리에 걸어두고 갑니다. 사회적 거리두기 기간이라 비대면으로 드리는 게 나을 거 같아서요. 감사했어요, 코로나 조심하시고 건강하시길 빌어요.

정윤은 메시지를 받자마자 현관으로 뛰어나갔다. 현관 밖은 아무런 인기척도 없이 조용했고, 현관문 고리에 하얀 비닐봉지가 걸려 있었다. 정윤은 마스크가 담긴 비닐봉지를 자신의 손목으로 옮겨 걸쳐놓고 서서 쿠팡에 접속해 국산 KF94 마스크가 현재 얼마인지 가격을 검색해보았다. 10장 묶음에 1만천 원 배송비 무료. 정윤은 미간을 찌푸리며 쿠팡 앱을 닫고 네이버 부동산에 다시 접속했다. B아파트 실거래가는 지난주 기준으로 10억5천만 원이었고, S아파트는 이틀 전 12억 3천만 원에 팔렸다. 핸드폰을 쥔 손이 떨리면서 손목에 걸린 비닐봉지가 같이 부스럭거렸다. 정윤은 마스크를 쓰지 않았는데도 숨이 막혀왔다.

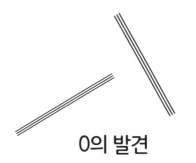

0의 발견

김혜나

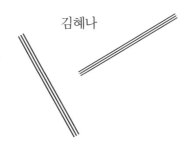

김혜나

1982년 서울 출생.
2010년 제34회 오늘의 작가상 수상.
2016년 수림문학상 수상.
작품으로 장편소설 『제리』, 『정크』, 『나의 골드스
타 전화기』, 소설집 『청귤』 등이 있다.

1

이렇게 해서 그는 또 앞으로 걸어갔는데, 그 길은 멀리 계속되고 있었다. 거리, 즉 마을의 큰길은 성이 있는 산으로 통하는 게 아니라, 단지 그쪽으로 접근만 할 뿐 가까워지는가 하면 심술이라도 부리듯 구부러지는 것이었다. 그리하여 성으로부터 멀어지는 것은 아니지만, 그렇다고 전혀 접근되는 것도 아니었다.

— 프란츠 카프카, 『성城』 중에서

코로나19 감염증이 한창 기승을 부리던 3월, 나는 헝가리 부다페스트에서 글을 쓰며 지내고 있었다. 한국에서 떠나던 3월 초만 해도 유럽 내 코로나 감염증의 여파는 그리 크지 않았다. 이탈리아를 제외하면 유럽 내 다른 국가들은 확진자 수가 한국만큼 많지 않았고, 앞으로 확산될 우려 또한 크지 않은지 한국발 여행자들의 입국을 제한하는 국가도 드물었다. 그래서인지 그때는 헝가리로 떠나는 게 딱히 어렵게 느껴지지 않았다. 매일 수백 명씩 확진자가 늘어나는 한국보다는 헝가리에서 머무는 게 감염의 위험성도 적어보일 정도였다.

그렇게 서울을 떠나 부다페스트에 도착한 뒤 한동안은 그곳에 사는 친구들을 많이 만났다. 모두 2년에서 3년 정도 보지 못했던 친구들이라 오랜만의 만남이 반갑고 즐거웠다. 나는 친구들과 함께 부다페스트 시내를 돌아다니며 맛있는 것을 먹거나 카페에 앉아 수다를 떨며 시간을 보냈다. 문화적인 특성상 유럽인들은 마스크를 쓰지 않고, 헝가리 내에는 코로나 확진자 수가 많지 않으니 나 또한 갑갑했던 마스크를 벗고 마음 편히 돌아다녔다.

상황이 달라지기 시작한 것은 3월 중순부터였다. 헝가리 정부에서 한국, 중국, 이란, 이탈리아 발 여행자들의 입국을 제한하고 모든 학교에 휴교령을 내렸다. 관공서를 비롯해 국립극장과 박물관, 쇼핑몰 등도 휴업 상태로 돌아섰다. 이틀이 지나자 헝가리 정부는 국경을 아예 폐쇄하고 외국인들의 입국을 차단했다. 약국과 식료품점을 제외한 상점, 식당, 카페들이 영업을 중단하고, 지하철도 한동안 운행하지 않아 아무데도 나가볼 수조차 없었다.

나는 어차피 이곳저곳 돌아보며 여행하기보다는 글을 쓰기 위해 부다페스트로 떠나온 것이니 이 상황을 긍정적으로 받아들이고자 했다. 덕분에 글쓰기에만 집중하는 환경이 주어지는 이점이 있기도 했으니 말이다. 그때부터 나는 온종일 집에서 글을 쓰고 책을 읽으며 시간을 보냈다. 글을 쓰다가 지치면 집 근처 공원에 나가서 산책을 하다가 식료품점에 가서 장을 보는 정도가 내 외출의 전부였다. 그래도 한국과는 다른 환경, 다른 분위기 속에 머무는 것이 새롭고 신기해 나름대로 환기가 됐다. 한 가지 불편한 것이 있다면 바로 사람들의 시선이었다.

헝가리는 여러 차례의 침략과 전쟁으로 역사적 암흑기를 겪기는 했지만 다양한 인종의 사람들이 모여 사는 이민자 국가는 아니다. EU협정에 따라 난민을 수용하고 소수의 교민들이 터를 잡고 살아가긴 하지만 사실상 인구 대부분이 헝가리인이었다. 그래서인지 거리를 돌아다니며 마주하는 사람들 중에 외지인으로 보이는 사람은 거의 없었다. 그곳에서 나는 너무도 선명한 이방인이고, 한국에서 온 나를 보는 사람들의 시선은 결코 살갑지 않았다.

헝가리 총리가 난민과 외국인이 이 코로나 감염증을 가지고 왔다는 기사를 내보낸 후 나를 향한 사람들의 시선은 더욱 따가워졌다. 마스크를 쓰고 마트에 가면 직원들은 나를 노려보며 가까이 다가오지 말라고 하며 계산해주기를 꺼렸다. 거리를 걸을 때 내 곁에 다가와 시비조로 말을 걸거나 일부러 기침을 하면서 지나가는 사람도 있었고, 도로에서 달리던 차 한 대가 차창을 열더니 나에게 욕을 쏟아내고 가버린 일도 있었다. 코로나19보다 더 무서운 것은 사람들의 태도와 자세였다. 다들 먹고 살기 힘들어서 그런가 보다, 갑자기 확산되는 전염병에 어떻게 대처해야 할지 몰라 그러는가 보다, 하며 마음을 달래봤지만 속상하고 답답한 마음이 드는 것은 어쩔 수 없었다.

상황이 이렇다보니 낮에는 어딘가 방문해보기는커녕 근처로 산책을 나가는 일조차 꺼려졌다. 그래서 종일 책 읽고 글 쓰며 집에서만 시간을 보내다가 어두워지는 저녁 무렵에 모자와 스카프로 얼굴을 가리고 밖으로 나가보았다. 아무리 그래도 종일 방 안에만 있을 수는 없으니 잠깐이라도 걷다가 돌아오고 싶었다.

오랜만에 나가본 거리는 정말로 을씨년스럽기 짝이 없었다. 식당과 카페는 문을 연 곳이 한 군데도 없고, 관공서나 지하철 입구에는 방어벽까지 둘러져 입구가 차단되어 있었다.

쇼핑이나 외식을 하러 나온 듯 보이는 사람은 한 명도 없고, 나처럼 운동 삼아 가볍게 걷거나 뛰는 사람들만 이따금씩 보였다.

불빛 하나 없는 오래된 건물들 사이 골목길을 걷다보니 왠지 으스스한 기분이 들었다. 모자와 스카프로 얼굴을 감추고 있었지만 내 행색이 눈에 띄는지 주변을 스쳐가는 사람들마저 나를 흘끔흘끔 흘겨보았다. 아무래도 마음이 편치 않아 나는 그만 숙소로 돌아가기로 했다. 그리고 왔던 길과 반대편에 자리한 다뉴브 강을 따라 걸어가려고 강 쪽으로 발길을 돌렸다. 밤은 깊어지고 날은 점점 추워져 나는 옷깃을 여미고 고개를 숙인 채 밤길을 걸었다.

어느덧 다뉴브 강에 다다라 고개를 들었을 때, 그 성이 보였다. 강 너머 언덕 위부다 왕궁에서 환하게 빛나며 홀연히 존재하고 있는 성. 낮에는 보이지 않던 저 성의 불빛이 형언할 수 없이 아름다워 나도 모르게 걸음을 멈추고 망연히 올려다보았다. 성은 저렇게 아름답게 빛나는데, 성으로 가는 길은 캄캄한 어둠 속에 잠겨 조금도 보이질 않았다.

어쩌면 우리는 모두 소설 속 K처럼 끊임없이 성을 향해 나아가지만 영원히 그곳에 다다를 수 없는 존재들인지 모른다. 저 높은 곳의 성은 아름답고 온화한 모습으로 인간을 매혹하고, 성으로 오르는 그 길은 캄캄한 어둠과 매서운 추위에 잠겨 있으니 이 역설의 길을 가야만 하는 인간의 생애는 얼마나 비참한가. 나 또한 저 아름다운 성에 영원히 다다를 수 없을 것 같아서, 어렵게 길을 찾아왔지만 누구도 나를 반겨주지 않을 것 같아서, 그래서 결국 눈물이 났다.

2

부다페스트에서의 밤 산책은 매일 이어지는 나의 일상이 되었다. 다행히 내가 머무는 숙소가 다뉴브 강과 인접해 있어 걸어서 10분이면 강변에 나가볼 수 있었다. 강가에 다다르면 강 너머에서 아름답게 빛나는 부다 왕궁과 마차시 성당의 모습이 가장 먼저 눈에 들어왔다. 왼편으로는 영화《글루미 선데이》의 촬영지이기도 했던 세체니 다리의 조명이 수려하게 빛나고, 오른쪽으로는 머리기트 섬과 연결된 다리가 보였다. 강변을 따라 어느 쪽으로 걸어도 부다페스트의 아름다운 야경을 내내 감상할 수 있어 저물 무렵의 다뉴브 강 산책은 꽤나 황홀하게 다가왔다.

나는 머리기트 다리 쪽으로 방향을 잡고 걸어갔다. 코로나19로 인한 상황이 답답하기는 다들 마찬가지인지 제법 많은 사람들이 홀로 나와 강을 따라 걷거나 벤치에 앉아 강물을 내려다보고 있었다. 폭이 좁기는 하나 기다랗게 이어진 다뉴브 강을 따라 걷다보면 갑갑하던 마음이 조금씩 풀리는 듯했다.

나는 그렇게 매일 저녁 강가의 산책로를 따라 걸으며 엔도 슈사쿠의 장편소설 『깊은 강』을 떠올렸다. 소설에서는 인생의 황혼기를 맞은 일본인 네 명이 저마다의 가슴 아픈 사연을 안고 인도로 가는 길에 오르는데, 여러 지역을 돌아보기로 했던 단체여행이 뜻밖의 사고로 바라나시에서 중단되고 만다. 불가촉천민 하리잔부터 인도의 수상이었던 인디라 간디까지 신분과는 상관없이 모든 사람들을 받아들이고 품어주는 갠지스 강을 바라보며 그들은 비로소 자기 자신과 조우하고 내면에 새겨진 상처를 강물에 흘려보낸다는 내용이다.

부다페스트의 다뉴브 강은 강변을 따라 세워진 가로등 불빛이 강 수면에 내려앉으며 다양한 색의 빛줄기를 만들어내고 있었다. 마치 피아노의 건반처럼 줄줄이 이어진 그 불빛이 공허한 마음속으로 잠잠히 파고들어왔다. 전염병으로 인해 모두가 슬픔에 잠겨 있는 이 시절에 강물은 어찌 저렇게 아름답게 빛날 수 있을까. '인간은 이렇게나 슬픈데, 주여, 바다는 너무나 푸릅니다.' 나가사키 소토코의 '침묵의 비'에 새겨져 있다는 엔도 슈사쿠의 친필 문장이 절로 떠올랐다. 그의 소설을 통해 접했던 바라나시의 갠지스 강이 모든 것을 분별없이 받아주고 품어주는 성자와 같은 모습이라면, 부다페스트의 다뉴브 강은 존재의 이면에 감춰진 빛을 꺼내어 비춰주는 거울과 같아 보였다.

빛의 물결을 따라 걷고 또 걷다보면 어두운 내 존재의 이면에도 환한 빛이 드리워졌다. 아직 겉으로 드러나지는 않지만 내 안에도 저 강물에 비치는 것처럼 맑고 아름다운 빛의 무리가 잠재해 있지는 않을까? 그 빛은 만물이 잠들어가는 시기에 더욱 밝게 빛나 강물을 따라 걷고 또 걷다 보면 어둡고 우울한 마음도 빛의 물결과 함께 그저 흘러감을 느낄 수 있었다.

3

부다페스트에서의 생활이 두 달째 이어지던 어느 날 헝가리 친구로부터 점심식사 초대를 받았다. 그 무렵 헝가리에서는 외국인의 입국도 부분적으로 가능해지고 사회적 거리두기 조치도 완화되어 시민들의 모습이 한결 여유롭고 편안해 보였다. 여전히 많은 상점들이 영업을 하지 않고 다수의 사람들이 모이는 집회나 행사는 금지되어 있지만, 많은 이들이 저마다 거리로 나와 강변이나 공원에서 산책하고 운동하며 오월의 햇살을 즐기는 모습을 자주 볼 수 있었다.

헝가리 친구와는 내가 부다페스트에 도착한 다음 날 시내에서 만나 함께 식사한 뒤로 내내 보지 못했다. 그동안 그는 사업상의 업무와 육아로 바쁘게 지내다가 이제야 여유가 생겼다며 조만간 점심을 함께 먹자는 것이었다. 나 또한 지난 두 달간 내리 소설만 쓰며 지내다 때마침 작품을 탈고하고 쉬던 중이라 당연히 좋다고 대답했다. 하지만 대부분의 식당과 카페에서 음식을 포장만 해줄 뿐 내부에서 손님을 받지 않아 어디서 만나야 할지 알 수가 없었다. 친구에게 적당한 장소를 알고 있느냐고 묻자 그는 직접 요리를 해서 먹자며 자신의 집으로 나를 초대해주었다.

　약속한 날이 되어 나는 오랜만에 외출복을 입고 한낮의 거리로 나갔다. 그리고 먼저 패스트리 가게에 들러 크림 케이크를 사서 포장한 후 친구의 집으로 찾아갔다. 그의 집은 흔히 보던 유럽식 건물과는 다른 현대식 아파트에 살고 있었다. 건물 입구에서 전화를 거니 그는 이제 막 돌이 지난 아기를 품에 안고 내려와 출입문을 열어주었다. 오랜만에 마주하는데도 마치 엊그제 보고 또 만나는 것처럼 자연스럽고 편안한 모습이었다. 그의 아들은 내 앞에서 다소 부끄러움을 타는 듯했지만 낯을 가리지는 않는 모양인지 시종 미소를 지어 보였다.

　엘리베이터를 타고 올라가 집으로 들어서니 친구의 아내가 이미 식탁을 차리고 있었다. 헝가리에서는 손님도 음식 준비를 도와야 한다며 친구는 나에게 식사에 곁들일 음료 모히토를 만들어 달라고 했다. 그러고서는 자몽과 오렌지, 민트 잎을 가져다주며 손님이 손수 음식 준비를 도와주어야만 음식이 맛이 없더라도 주인에게 불평을 하지 않을 것이라고 거듭 말했다. 평소에 장난치기를 좋아하고 농담도 자주 건네는 친구라서 나는 그게 진짜 헝가리 문화인지 아니면 그가 혼자 지어낸 소리인지 알 수 없었지만, 그들은 무언가 다함께 공유하는 것을 좋아하는 듯했다. 심지어 그는 그의 아들에게도 양상추를 통째로 쥐어주며 샐러드를 만들어 보라고 했다. 그러자 아이는 마치 소꿉놀이 하듯 손으로 양상추를 뜯어 탁자 위에 늘어놓고, 아이 엄마는 그 양상추 잎을 모아서 샐러드 볼에 담았다. 나는 자몽과 오렌지를 썰어 즙을 내고 유리병에 담아 탄산수와 섞은 뒤 민트 잎을 올렸다. 그렇게 친구가 요리해준 렌틸콩 커리와 내가 만든 모히토, 그리고 아이가 만든 야채샐러드까지 더해진 식탁이 차려졌다.

우리는 다함께 식탁에 앉아 음료수 잔을 부딪치고 식사를 하기 시작했다. 친구 부부는 그동안 내가 부다페스트에서 어떻게 생활하고 있었는지 물었다. 나는 별다를 것 없이 집에서 홀로 소설을 쓰며 지냈다고 대답했다. 그들은 나에게 마트나

공원에서 인종차별을 당하지는 않았는지에 대해서도 물었다. 나는 아무래도 코로나 바이러스 때문인지 마트의 직원들이 나를 외면하거나 무시하는 경향이 있었다고 말했다. 또한 길에서 행인들이 공연히 나를 노려보거나 욕설을 내뱉고 지나간 적도 있었다고 말하자 그들은 매우 안타까워하며 나에게 사과를 했다. 하필 안 좋은 시기에 헝가리에 와서 나쁜 경험을 하게 되었다며 마음 아파하는 것이었다. 나는 얼른 괜찮다고 말하고, 때로는 나에게 친절하게 대해주고 도움을 주는 시민들도 있었다고 덧붙였다. 그러자 그들은 나에게 언젠가 헝가리에 다시 와서 함께 시내 구경을 하고 맛있는 것을 먹으며 시간을 보내자고 해서 나는 분명히 다시 오게 될 거라고 말하고 웃었다.

오랜만에 집에서 만들어준 음식을 먹으니 마치 어머니의 집에 온 것처럼 마음이 편하고 정겨운 느낌이 들었다. 그래서 나는 평소보다 많은 양의 음식을 먹으며 즐겁게 대화를 이어 나갔다. 밥을 다 먹고 난 뒤에는 다함께 베란다로 나가 친구가 내려 준 커피와 내가 사온 케이크를 후식으로 먹었다. 한낮의 햇볕은 따사롭게 내리쬐고, 강으로부터 불어오는 바람은 부드럽게 피부에 와 감겼다. 아이와 함께 베란다 바닥에 앉아 케이크를 먹고 있으니 마치 어린 시절로 돌아간 것처럼 아련한 기분이 들었다. 아파트 맞은편에 살고 있는 주민들 몇몇은 수영복 차림으로 베란다에 나와 칵테일을 마시며 피부를 그을리고 있어 휴양지에라도 온 듯한 분위기를 자아냈다.

어느덧 오후 시간이 훌쩍 지나 내가 떠날 때가 되자 친구 부부는 그간 집에서 일하고 아이를 돌보며 지내다 둘째아이가 생겼다는 기쁜 소식을 전해주었다. 유례없는 바이러스로 우울하게 가라앉은 세계에서도 씨앗은 싹을 틔우고 꽃을 피우는구나. 따뜻한 햇살과 함께 봄이 오고 여름이 오고 새로운 생명도 오는구나 싶어 기꺼운 한낮이었다.

4

애초에 나의 계획은 부다페스트에서 두 달간 머물며 소설을 쓰는 것이었다. 그러나 코로나 바이러스로 인해 한국으로 돌아가는 비행기가 연일 취소되는 바람에 여정이 마냥 길어지고 있었다. 그렇다고 해서 동유럽은커녕 헝가리 내에서조차 자유롭게 여행할 수 없는 상황이다 보니 답답하고 불안한 마음이 커져갔다. 방에서 혼자 책을 읽거나 영화를 보는 것도 한계가 있고, 이따금씩 장을 보고 산책을 하는 것마저도 지쳐갔다. 혼자라는 게, 아무것도 할 수가 없다는 게 얼마나 고통스러운 일인지 실감하지 않을 수 없었다.

5월 중순부터는 헝가리 내 이동제한령이 부분적으로나마 해제되어 나는 친구와 함께 시내의 식당에서 저녁을 먹거나 주변을 돌아보는 등 나름대로 즐거운 한 때를 보내긴 했다. 하지만 여전히 언제 집으로 갈 수 있을지 알 수가 없어 답답한 마음이 가시질 않았다. 6월부터 정상적으로 항공편을 운행할 거라던 항공사에서는 여전히 아무 공지가 없었다. 헝가리 체류비자는 만료되어 가는데 이러다가 불법체류자로 남는 건 아닐까 두렵기까지 했다.

나는 더 이상 넋 놓고 있을 수 없어 외교부 홈페이지에서 해외 입국제한 현황을 확인해 다른 나라를 경유해서라도 한국으로 갈 수 있는 비행편을 찾아보았다. 그렇게 확인해 보니 부다페스트에서 암스테르담을 경유해 한국으로 갈 수 있는 비행편이 이틀 뒤에 있었다. 멀리 돌아가는 여정이라 시간이 오래 걸리고 고생스럽겠지만 더 이상 헝가리에 머물 수 없어 나는 그 비행기를 예약하고 곧장 짐을 싸기 시작했다. 여행을 마무리할 즈음이면 그간의 추억을 되짚어보며 정리하는 시간을 가지게 마련인데, 상황이 이렇다보니 나는 뭔가 돌아보거나 생각해볼 겨를도 없이 그저 짐을 싸고 집안을 정리하기에만 바빴다. 다행인지 불행인지 쇼핑몰이나 기념품점 같은 곳은 가보질 못해서 짐으로 쌀 만한 것들이 많지 않았다. 남겨둔 식료품은 친구에게 주기로 하고 매일 입던 옷가지와 수건들은 모두 버려서 짐이 매우 단출했다.

떠나는 날 헝가리 친구가 내 숙소로 찾아와 주었다. 나는 친구와 함께 성 이슈츠반 성당 쪽으로 걸어가 국제공항 행 버스를 탔다. 그렇게 공항으로 가는 내내 부슬비가 내리고 날이 무척 추웠다. 차창 밖 잿빛 하늘을 보고 있으니 지금이 오전인지 오후인지 분간이 되질 않았다. 아침도 아니고 밤도 아닌 시간, 이곳도 아니고 저곳도 아닌 공간에 덩그마니 남겨진 기분이었다.

코로나19로 뒤숭숭한 시국이라 공항 주변에는 사람이 거의 없었다. 공항 청사 안으로 들어가 예약한 항공사 데스크를 찾아가니 그 앞에만 몇몇 사람들이 줄을 서 있을 뿐이었다. 그곳에서 발권을 하고 친구와 함께 카페에 가서 카푸치노를 한 잔 마시고 나자 비로소 헝가리를 떠난다는 사실을 실감할 수 있었다. 친구가 나에게 그만 가보는 게 좋을 것 같다고 해서 우리는 마지막으로 포옹을 나누고 작별인사를 했다. 다정한 친구는 내가 공항 검색대를 통과할 때까지 내내 지켜보고 있다가 검색대 너머에서 손을 흔들자 그제야 왔던 길을 되짚어 돌아갔다.

나는 공항 검색대를 통과한 뒤 출국 심사까지 마치고 비행기 탑승구를 향해 걸어갔다. 빗방울이 듣는 바깥은 온통 잿빛이고, 드넓은 공항 안에는 여전히 아무도 보이질 않았다. 면세점 내 쇼핑센터들은 모두 문을 닫고 보호벽까지 둘러놓은 상태라서 안팎으로 휑뎅그렁한 풍경이 마치 SF영화 속 미래세계 같아 보였다. 지구가 멸망해 폐허가 되어버린 도심 한가운데에 남겨진 느낌…… 시간이 사라지고, 공간이 사라지고, 인류가 사라진 세계 속에 나 홀로 존재하는 듯했다. 그렇게 지금 이곳, 아무것도 없는 한가운데에 서 있으니 불현듯 두려운 마음과 함께 숫자 '0'이 떠올랐다. 양의 정수도 음의 정수도 아닌 0. 고대의 수학자들에게 '없음'을 의미하는 0은 공허와 혼돈이기에 그들은 0의 발견을 혐오하고 두려워했다고 한다.

　나는 그동안 내가 보내온 시간과 공간이 지금 여기 부다페스트 공항에 다다라 아무것도 없는 상태가 되었음을 알게 되었다. 희랍의 철학자들은 0이 세상의 종말을 의미하고 그곳에서 우주가 탄생했다고도 믿었다. 그렇다면 나 또한 아무것도 없는 지금 이곳 부다페스트에서부터 새로 탄생하는 세계로 나아가는 것일지도 모르겠다. 소중한 친구와의 이별은 저 너머에서 새로운 만남으로 이어지고, 부다페스트에서 끝나는 이 여정은 내 여행의 새로운 시작이 되리라. 그 이별과 만남, 떠남과 돌아옴, 소멸과 창조를 거듭하는 발걸음을 떼며 나는 비행기에 올랐다.

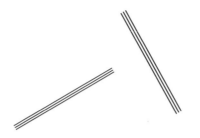

코로나 시대의 하루 일기

김안

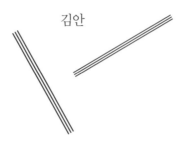

김안

1977년 서울 출생.
2004년 〈현대시〉로 등단.
제5회 김구용시문학상,
제19회 현대시 작품상을 수상했다.
시집으로 『오빠생각』, 『미제레레』가 있다.

딸아이가 다시 등원한 지 몇 달이 되었다. 그 몇 달째 감기에 걸리지 않았다. 등원을 하지 못해 집에 있을 때야 그러려니 했는데, 지금도 마찬가지다. 유치원에 있는 동안 계속 마스크를 쓰고 있는 이유겠다. 다행이다. 아이들은 금세 적응했다. 하루에 7~8시간 동안 마스크를 쓰는 것에 익숙해졌는지, 아무리 답답해도 벗는 법이 없다. 외출을 할 때, 간혹 마스크를 빠뜨리면 먼저 챙기니, 어른보다 낫다.

나란히 마스크를 쓰고 손을 잡고 딸아이와 동네를 한 바퀴 걸었다. 멀리서 할머니 두 분도 비슷한 모양새로 나란히 걸어왔다. 마스크에 모자, 어깨띠. 어깨띠에는 '슬기로운 혼자생활'이라 적혀 있다. 나는 조용히 실소失笑했다. 다행이다, 마스크를 쓰고 있어 내 표정이 그분들에게 보이지 않으니. "저기 지나간 할머니들 봤어? 어깨에 뭘 두르고 있는데, 거기에

'슬기로운 혼자생활'이라 적혀 있는데, 두 분이 정말 사이좋게 다니시네." 딸아이는 별 반응이 없다. 내게 '썩소'를 날렸을 수도 있으나, 마스크를 쓰고 있으니 알 수 없다.

딸아이와 코로나 시대, 몇 가지 규칙들에 대해서 이야기를 나눴다. 이미 나보다 더 잘 알고 있구나 싶다. 호탕한 웃음소리에 뒤돌아보니, 할머니들이 두른 어깨띠 뒷면에 쓰인 글귀가 보였다. 몸은 멀리 마음은 가까이. 몸의 거리. 우리의 몸은 떨어져야 한다. 마음의 거리. 그런데 마음은 더 가까워지라고 한다. 거참 불가능한 사랑이다. 그게 가당키나 한가. 병에 걸린다는 것은, 몸의 균형이 깨졌다는 것을 의미한다. 즉, 불균형의 산물인 셈이다. 그런데 이 코로나 시대에 말하는 몸과 마음의 거리는, 병의 상태인 불균형을 유지하라는 것이다. 하긴 1년 전 사무실을 그만둔 후로부터 이미 내 일상은 불균형의 연속이다. 이런저런 사적인 만남도 자연스럽게 없어졌다. 주소록을 뒤져봐도 딱히 만날 사람은 없다. 그렇게 짧은 산책을 마치고 집으로 돌아왔다.

아내와 딸아이와 함께 저녁을 보냈다. 같이 그림을 그리고, 인형놀이를 하고, 딸아이가 새로 발명한 놀이의 규칙을 습득하기 위해 애쓰다 보면 금세 잘 시간이다. 책을 읽어주며 더 놀고 싶어 하는 딸아이를 달래서 재우고 나니, 아내가 식탁에 앉아 편지를 쓰고 있다. 도시락 편지. 딸아이의 도시락통에 넣어주는 깜짝 편지다. 멀리 떨어져 있어도 마음은 닿기 마련이다. 몸과 마음의 균형을 맞추기 위해서 애쓰는 것. 사랑은 그렇게 또 발명되는 것이다. 몸이 닿을 수 없기에, 서로 간에 언어가 더 많아져야 한다. 몸이 닿지 않을 때 우리가 쓸 수 있는 것은 언어다.

만나는 사람은 없지만 서재 귀퉁이에 쌓인 문예지를 보며, 그들의 언어를 통해 그들의 삶을 예상할 수 있다. 이미 그것만으로도 충분히 알 수 있다. 여전하구나, 다들 열심히 살고 있구나. 글의 밀도를 통해서 생활의 밀도를 짐작해본다(물론 그것이 꼭 비례하는 것은 아니다). 그것으로 충분하지 않을까 싶다. 그러다 한 페이지에 눈이 갔다. 한 노老 시인이 '우한폐렴'이란 소제목으로 연작시를 쓰고 있다. 서로간에 몸도 마음도 가까운 적 없으나, 그 옹졸한 속내가 글에서도 다 드러나 읽다 말고 실소를 했다. 아내에게 보여줄까 하다 말고, 사라져가는 단어에 대한 안타까움 때문에 쓴 것이라 생각하고 넘어가기로 했다. 물론 여기에 적는 까닭은 나 역시 옹졸하기 때문이겠지만. 누군가의 말대로 전쟁이 없는 상태의 지속이 평화라면, 이 세계는 단 한순간도 평화로운 적이 없다. 내 마음 역시 평화로운 적이 없다. 그런데 이상하게도 요즘은 그

전보다 조금은 더 평화롭다. 아마도 균형을 깨는 주된 원인이 사람이 아니기 때문이다. 거기에 사람을 대입시키는 순간, 평화는 깨졌다. 불균형을 균형이라 착각하게 된다. 불균형이 균형이고, 평화의 길이라 믿게 된다. 몸을 멀리두기에 사람이 너무 많고, 마음을 가까이하기에 사람이 없다. 사람이 너무 많고 너무 없는 것. 그게 이 세계의 불균형이 시작된 원인이다. 그런데 방금 적은 이 문장은 또한 얼마나 옹졸한가. 이 문장 속에서 나는 완전히 괄호 속에 들어가 안온할 뿐이다. 이 문장 속에 나는 제외된 채로 존재하며, 동시에 나는 시를 쓰고 있기에 고결한 정신적 가치를 추구하고 전혀 세속적이지 않은 사람이라는 의미를 숨긴 채 나 스스로를 정당화하고 있다. 이 얼마나 옹졸한가. 나는 나의 옹졸함을 아는구나.

　이런저런 생각을 하다가 서재 귀퉁이에 다시 문예지를 쌓아 놓았다. 아마 다음주면 재활용쓰레기로 버려질 것이다. 의미로 포화된 의미 없는 것들. 의미를 만드는 것은 사람의 일이다. 그 의미에 형상을 부여하고 구조화하고 미화하거나 폐지하는 것이 언어의 일이다. 그런데 내 생활이나 삶에, 이 세계에 부여할 새롭고 놀라운 의미란 좀체 나타나지 않는다. 언어가 있어서 다행이지만, 언어가 언어 너머의 것들을 확보하려는 이런 애씀이 씁쓸하다. 모든 것이 반복될 뿐이고, 반복

속에서 잊힐 뿐이다. 결국 이 세계의 기저에서부터 치밀하고 잔인하게 응시하는 시선만이 내면의 감광 필름 속에 흐릿하게 남겨질 뿐이다. 결국 언어로 만들어내는 것은 시선. 그 시선으로 순간 내면에 찍힌 흐릿한 상像. 그러나 무엇보다 내게 강하게 남겨진 상은, 분기마다 한 번씩 재활용 포대 속에 내던져지는 수많은 문예지들의 모습이다. 그것은 어떤 묘한 심리적 쾌감과 두려움을 동반하는데, 이제 내 서재 귀퉁이에는 문예지들보다 마스크가 더 수북하게 쌓여 있다. 서재를 서성이며 언젠가 이 하얀 마스크들을 한꺼번에 버리는 상상을 해봤다. 물론 그런 날은 쉬이 오지 않을 것이고, 당분간 여전할 것이다.

마스크가 평범해졌다. 이걸 구할 수 없어서 얼마나 불안해했던가. 이젠 서로 마스크를 쓰고 있어도 아는 얼굴은 보면 단박에 알아차렸다. 우연이라도 만나기 싫은 사람을 마주칠 때는 못 본 척하기도 좋다. 엘리베이터 한쪽에 비치된 손 소독제가 평범해졌다. 처음에는 손 소독제의 알코올 냄새에 익숙치 않아 누군가 엘리베이터 바닥에 소주를 쏟은 줄 알았다 (물론 그 반대 경우도 있었지만). 집안 구석에도 다양한 크기의 손 소독제가 쌓여만 갔다. 하루에 서너 차례 요란스럽게 울리는 재난문자도 평범해졌다. 어차피 음악 감상용으로만 쓰는 핸드폰이었으니 그나마 다행이다. 일주일에 한두 번 집 현관문 앞에 쌓인 택배도 평범해졌다. 하지만 이것이 누군가의 목숨 값처럼 느껴지는 것은 어쩔 수 없다. 버스나 지하철에서 마스크를 쓰지 않았다는 이유로 일어나는 이런저런 폭행 사건도 평범해졌다.

평범. 이제는 너무나 많은 것이 평범해졌구나. 하지만 이런 낯선 일상이 평범으로 안착할 때까지, 누군가는 더 잘 살게 되었을 테고, 많은 이들은 힘겨워하거나 죽어갔을 것이다. 여전하게도 말이다. 그렇다고 코로나 이전이 더 좋았던가? 코로나 이후 수많은 기사들을 통해 대개의 사람들은 우리나라가 선진국이었다는 사실을 깨달았다고 하는데, 그렇다면 그 이전의 삶이 고통스러웠던 것은 이 국가의 격格이나 위대한 국민성에 대한 무지無知 때문이었을까? 어쩌면 우리는 코로나 시대를 겪으며 능력 있고, 유능한 정부의 상象을 보상적 차원에서 성공적으로 형상화하고 있는 것도 같다. 아마도 전 정부의 무능과, 부패와, 실패들에 대한 보상심리랄까. 이 보상심리 속에서 누군가는 철저히 배제되고 희생당하고 있다. 그리고 우리의 무능함과 무지를 지우고 있다. 코로나 이후 우리나라가 선진국이라는 생각의 기저를 떠받들고 있는 것은 전근대적이며 살인적인 강도強度의 노동이고, 국가의 교육 시스템 속에 학습 받아 생성된 봉건적이고 순진하고 미화된 고귀한 자기희생이다. 자본주의 사회에서 노동의 강도에 비해 턱없는 노동의 대가를 감내하는 것만큼 위대한 희생이란 존재하지 않는다. 그리고 희생은, 죽음의 형식을 띠게 마련이다. 며칠 전에도 또 한 명의 택배 기사가 쏟아지는 물량에 못 이겨 사망했다. 나도, 너도 우리도 이 말도 안 되는 죽음의 연쇄에 가담하고 있다. 어찌 보면 우리는 아직도 근대국가를 만드는 중이다. 봉건적 사고 속에서 지혜로우며 절대적인 통치자가 평화롭게 우리를 지켜주고 이끌어주기를 바라는 것. 우리가 아직 민주주의를 배워야 한다는 사실을, 코로나 시대는 철저하게 잊게 만든다.

카프카의 『가장의 근심』에 나오는 오드라덱Odradek은 우스꽝스럽고 보잘것없어 보이는 생명체이지만, 우리가 죽고, 우리의 자식이 죽고, 그들의 자식이 죽은 후에도 나타날 수 있는, 유약하지만 죽지 않는 성질을 지니고 있다. 살아 있지만 죽은 존재로 끝없이 존속하는 것. 많은 철학자들이 이 오드라덱에 대해서 다양한 해석을 내리고 이를 통해 세계를 진단하고, 이것에 의해 세계의 변화를 감지하며 감사하게도 희망을 말한다. 하지만 오드라덱과 같은, 이 보잘것없는 우리들은 얼마나 더 오래 살면서도 죽은 것과 같은 상태에 머물러야 할까. 그리고, 이런 상태는 코로나 시대의 일상을 버티고 있는 우리의 상황과 다시 겹쳐진다. 그렇다고 우리가 우리 자신을 불쌍히 여겨야 한다는 것은 아니다. 이 오드라덱과 같은 존재들이 가까스로 내고 있는 소리, 높은 강도의 노동에 시달리는 의료진의 가쁜 숨소리, 엘리베이터가 아파트 맨 위층부터 차례차례 멈추며 우리 집 현관문 앞에 택배가 놓이는 소리, 수레 끄는 소리, 이른 시간, 동네의 한 가게 셔터가 내려가는 소리 등등의 수많은 소리들을 들을 수 있어야 한다는 것이다. 우리의 귀가 열려 있을 때, 우리는 비로소 이들과 말할 수 있는 입을 가지게 된다. 들으려는 의지가 필요하고, 그래야만 오드라덱은 비로소 죽지 않고 우리의 삶 속 곳곳으로 스며들어온다. 온전한 사람으로 우리와 함께 존재하게 된다. 코로나 시대에 배워야 하는 것은, 몸과 마음을 따로 두는 기술이 아니라, 더 들으려는 의지와 기술이다. 이 코로나 시대에 적을, 사람으로 상정했을 때, 이것은 절대로 배워지지 않는다.

작년에 출간된 레슬리 제이미슨(Leslie Jamison)의 『공감연습』에는 모겔로슨 병에 걸렸다고 믿는 사람들의 이야기가 나온다. 자기의 몸속에서 어떤 섬유나 뻣뻣한 털, 부스러기, 결정 등 알 수 없는 물체들이 나온다고 믿는 사람들. 그것에 의해 끔찍한 고통을 받고 있다고 울부짖는 사람들. 하지만 학계에 의해 기생충망상증이라 진단받은 이들. 망상에 시달린다고 낙인찍힌 이들. 미친 이들. 때문에 이들은 닫혀 있고, 그들에게 다가오는 사람들을 믿지 않는다. 늘 배신당했기에. 저자는 이들의 모임에 참가하여 인터뷰를 하며 이들의 이야기에 귀를 기울이며, 자신의 고통과 마주하게 된다. 그의 인터뷰를 따라 읽으면서, 누군가의 목소리에 귀를 기울인다는 것이 얼마나 커다란 용기와 의지와 노력이 필요한지를 고통스럽게 확인하게 된다. 그것은 단순한 공감의 영역이 아니다. 이 시대 최고의 종교인 과학의 바깥에 있는 것들과 함께하는 것이다. 레슬리 제이미슨은 "나는 그의 피부 속에 수천 마리 알을 낳는 기생충이 있다는 걸 믿는 게 아니라, 그런 기생충이 있는 것처럼 아프다는 것을 믿었다. 그건 전형적이었다. 나는 전형적이었다. 이 글을 쓰는 지금, 나는 그가 배신이라 여기지 않을 만한 일을 하고 있을까? 나는 말하고 싶다, 나는 당신의 이야기를 들었어요. 다시 말해, 나는 어떠한 판단도 하지 않았어요. 그러나 그에게 이런 식으로 말할 수는 없다. 그러니 대신 이렇게 말하고 싶다. 나는 그가 치유할 수 있다고 생각한다. 그러기를 소망한다."라고 말했다. 나는 이 부분에 밑줄을 그어 놓았고, 그 옆에 최소의 윤리라 적어 놓았다. 맞다. 최소의 윤리. 그런데 그것이 얼마나 어려운 것인가. 얼마나 큰 노력이 필요한가. 나는 가만히 앉아, 코로나 시대에 지켜야 할 내 최소의 윤리에 대해 생각했다. 그것부터가 이 시대에 적응하기 시작하는 단계이리라.

*

식구들이 깊이 잠든 밤, 서재에 앉아서 이런저런 책을 덮고선 음악을 들었다. 2018년에 발매된 재즈 기타리스트 팻 마티노(Pat Martino)의 앨범이다. 용맹스러운 사자 동상과, 나란히 서 있는 노老 기타리스트의 옆모습을 찍은 사진이 앨범 전면에 있다. 〈Formidable〉제목과 어울리는 앨범 표지이다. 트럼펫과 테너 색소폰, 드럼과 오르겐, 그리고 팻 마티노의 기타 연주로 끈적끈적한 여름밤과 어울리는 음악을 들려준다. 1967년 데뷔한 팻 마티노는 1970년대 말 발작이 찾아와 뇌동맥류 수술을 받고 기억상실증에 걸렸다. 자신의 이름, 가족, 그리고 심지어 자신의 직업도. 그는 자신이 기타리스트였다는 사실을 듣고, 자신의 앨범과 연주 영상 등을 보며 다시 기타를 잡는다. 보통의 대중적인 상업영화라면 몸의 기억을 통해 섣부르고도 빨리 기적이 찾아올 테지만, 그가 다시 복귀하여 앨범 〈The Return〉을 내는 데는 7년이 걸렸다. 그리고 그 다음 앨범도 7년이 걸렸다. 기적이란 없다. 우리가 아무리 우리 자신을 불쌍히 여겨봤자 변하는 것은 없다. 자신의 불쌍함이 아니라 다른 이들의 작디작은 소리를 들으려는 의지와 노력이 필요하다. 물론 노력에 따라오는 보상이란 늘 작고 형편없다. 하지만 그것들이 쌓이다 보면 언젠가 어떤 형상으로 나타나곤 한다. 팻 마티노는 7년이 걸린 복귀 앨범 이후 지금까지 근 20장에 달하는 앨범을 발매했다. 음악을 들으며, 원고를 쓰다 말고 서둘러 메일을 뒤져 다시 청탁서를 읽어보니 '코로나 시대에 맞춰 움츠러든 마음을 따뜻하게 위로할 수 있는 내용'을 써달라고 적혀 있다. 다행이다. 그가 떠올라서.

내가 진정으로 속해 있는 것은 기타가 아닙니다. 기타는 단지 악기일 뿐이지요. 그리고 곧 그것이 주는 한계에 지쳐버릴 것입니다. 기타를 진정한 음악적 차원에서 다루려면 11옥타브 정도가 필요한데 실제로 기타는 4옥타브밖에 갖고 있지 않거든요. 그리고 재즈는 삶의 한 방식이지 음악의 한 형태는 아닙니다. 재즈는 자발적인 즉흥성이지요. 당신이 만약 집을 나와 정처 없이 걷게 된다면 그저 한 걸음 한 걸음을 즐기세요. 그러면 즉흥연주를 하고 있는 당신을 발견하게 될 것입니다. 살고 있는 모든 사람들은 즉흥연주를 하고 있는 것입니다. 그리고 재즈는 그러한 즉흥연주의 상대적인 정도의 차이를 의미하는 것일 뿐이지요.

―팻 마티노

　주말이 되면 아내와 딸아이와 함께 마스크를 하고, 손을 잡고, 같이 돔돔돔 노래를 부르며 걷겠지. 딸아이에게 그의 이야기를 해줘야겠다. 그리고 밤이 되면 편지를 써야겠다.

아파트

김진규

김진규

1989년 경기 안산 출생.
2014년 한국일보 신춘문예 시 「대화」 당선.

1. 낯선

바람소리가 들린다.

어디선가 바람소리가 들리는 것이다. 방문은 굳게 닫혀 있고 창문도 마찬가지다. 창밖으로는 구름 낀 하늘이 보인다. 구름이 천천히 멀어지고 있다. 모래 운동장에는 처음 보는 모양으로 물길이 만들어지고 있다. 길을 따라 늘어선 가로수들은 흔들리고 있다. 사람들이 우산을 쓰고 길을 따라 걷는다. 우산은 빗물을 받아내고 튕겨낸다. 길에 깔린 보도블록은 더 짙은 색으로 젖어가고 있다. 아스팔트 도로 옆으로는 이파리 몇 개가 빗물에 떠내려가고 있다. 더 낮은 곳으로 흘러가고 있다.

나는 가만히 본다. 저 창밖의 풍경이 들리지 않는다.

그런데 어디선가 바람소리가 들리는 것이다. 굳게 닫힌 창문을 다시금 확인해본다. 살짝 창문을 열어보니 차가운 바람이 들어온다. 젖은 흙냄새가 나는 바람이다. 다시 창문을 닫는다. 책상에 가만히 앉는다. 다시 바람소리가 들린다.

낯선 바람소리는 어디서 오는 것일까. 나의 방에는 구름도 없고, 계절이 없고, 날씨가 없다. 그러므로 바람도 없다. 그런데도 이 낯선 것은 어디에서 오는 것일까. 아니, 나는 다시 생각한다. 사실 바람 따위는 없는 것이 아닐까. 바람소리가 들리는 것은 나의 착각이 아닐까. 저 창밖의 바람을 내가 상상하고 있는 것이 아닐까.

이 낯선 바람을 의심하기로 한다. 왜 바람소리가 들린다고 생각하게 되었을까. 왜 그런 소리가 있다고 생각했을까. 아니, 애초에 바람이 왜 있다고 생각했을까.

2. 층간

아파트의 잠이란 종종 이상한 기분을 느끼게 한다.

나의 방 위층엔 누군가의 방이 있고, 그 방 위층에는 또 누군가의 방이 있다. 나의 방 아래에도 누군가의 방이 있다. 매일밤 우리는 같은 위치에 겹겹이 쌓여 잠을 청하는 것이다.

나의 천장이 때론 누군가의 침대가 되고, 나의 바닥이 누군가의 하늘이 되기도 하는 것이다. 그리하여 밤이 되면, 우리는 서로의 뒤통수를 쳐다보며 눈을 감는 거겠지. 아, 평생을 제대로 본 적이 없는 뒤통수를 우리는 공유하고 있는 것이 아닐까?

따스함 속에 눈을 감으면, 잠은 집집마다 찾아와 제각각 바쁘게 켜두었던 불을 하나씩 꺼나간다. 꼭 모든 층에 들러주세요, 그리고 오늘은 다시 오지 마세요, 이를테면 그런 마음으로 잠을 기다리는 것이다.

하지만 이런 시간에 누가 잠을 청하겠는가. 시계바늘은 이제야 오후 두 시를 가리키고 있다. 밖은 밤처럼 어둡고 춥지만, 다들 자신의 일을 찾아 바쁘게 어딘가로 떠났겠지. 나는 다만 방에 누워 이런저런 생각을 하는 것이다.

가만히 누군가의 천장 위에서 있는 듯 없는 듯 낮잠을 청해본다. 창밖은 나와 상관없이 무심히 계절을 그려놓고 있다. 쉽사리 잠이 올 것 같지 않은 기분이다. 뒤척일 때마다 이불이 몸에 감겨온다. 익숙한 방안을 다시금 훑어본다. 책꽂이, 책상, 침대 등 몇 년을 같은 자리에 있던 것들. 내가 잘 알고 있는 것들. 앞으로도 이 안에서 일어날 일들은 뭐든지 알 수 있을 것만 같은 기분이다. 천장을 바라본다. 아무런 무늬도 없는 천장은 고요하다. 나도 누군가의 천장인 것처럼 고요하다. 아마 내가 이렇게 죽더라도 아무도 모를 것이라는 생각이 든다. 죽어도?

돌연 피곤함을 느낀다. 눈을 감으니 아파트가 우산처럼 빙글빙글 도는 기분이다.

3. 옆집

옆집엔 피아노가 있다.

아마 피아노는 거실에 놓여 있을 것이다. 베란다에 푸른 화초들이 보이는 방향으로 놓여 있을 것이다. 양탄자 같은 것을 깔아놓은 자리에 검은 피아노가 자리잡고 있을 것이다. 아이는 햇빛을 받는 화초들을 보며 종종 물을 주고, 콧노래를 흥얼거리다가 피아노에 앉아 음을 하나씩 쳐볼 것이다. 가만히 악보에 쓰여 있는 음을 눌러보다가, 종종 엇나가는 음에 꺄르르 웃음을 터뜨릴 수 있는 행복을 키우며 살고 있을 것이다. 햇빛이 더 쨍쨍한 날에는 피아노 위에 오렌지 주스 같은 것을 한 컵 떠두고, 얼음이 서서히 녹아가는 소리를 들을 것이다. 아이는 몸보다 큰 의자를 당겨 앉아 작고 하얀 손가락으로 하나씩 건반을 누를 것이다. 서툴게.

생각해보니, 왜 피아노를 치는 사람이 아이라고 생각했을까. 반주 없이 멜로디만 한 손으로 치고 있기 때문일까. 단조로운 멜로디임에도 불구하고 종종 맞지 않는 건반을 누르기 때문일까. 그것도 아니라면, 가까운 곳에서 웃음소리 같은 것이 들렸기 때문에? 어쩌면 피아노를 치는 사람이 누구인지 나는 평생 알 수 없을 것이다.

하지만 확실한 것은 옆집엔 피아노가 있다. 그리고 그 피아노를 누군가가 친다. 옆집엔 피아노를 치는 사람이 살고 있다는 것이다. 아이든, 노인이든, 어쨌든. 잊을 만하면 어디선가 들어본 듯한 멜로디를 누군가가 연주하는 것이다. 그것은 꽤나 나쁘지 않은 층간소음이다. 아니, 벽 건너 옆에서 나는 소리니까 측간소음側間騒音쯤으로 명명해야 되지 않을까.

측간소음은 층간소음보다 어쩐지 반가운 기분이다. 곁에서 나는 소음이라니. 어느 한 쪽에서 누군가 '전 여기 이렇게 살고 있답니다' 하고 내는 소음이라니. 사실 그 소음이 어떤 것이든 나는 아무래도 괜찮은 것이다. 몇날 며칠을 집에서 조용히 지내는 사람으로서, 종종 그들의 살아있음이 들리는 것이 반가운 것이다. 그런데, 문득 생각해보니, 나는 옆집이 아닌 위층에서의 층간소음을 경험해본 적이 없다.

4. 의심

벽에 걸려 있는 시계를 본다. 분명 시간은 낮인데 방안은 밤처럼 어둡다. 혹시 시계가 고장 난 것일까. 사소한 의심이 멀쩡한 시계까지 고장내고 있다. 몸을 일으켜 불을 켜볼까 생각했지만 그만두기로 한다. 이미 이 어두움이 익숙해지고 있다. 가만히 들여다보니 점점 밝아진다.

왜 나의 위층에 살고 있는 사람은 이토록 소음이 없는 것일까?

당장 옆집에 사는 사람이 누군지도 모르는데 윗집에 사는 사람을 알 리가 없다. 다른 곳에서 이사 왔다고 이웃마다 떡을 돌리는 시대도 아니고, 엘리베이터에서 마주칠 때마다 인사를 하는 시대도 아니다. 우연으로도 엘리베이터 10층을 누르는 사람과 마주친 적이 없다.

10층, 나의 집 위층, 거기엔 누군가 살고 있기는 한 걸까. 생각해보니 정작 나의 아래층 사람도 이런 생각을 했을까.

내 위에 사는 놈은 왜 이렇게 소음이 없지? 하고 말이다.

5. 다시, 낯선

다시 바람소리가 들린다. 굳게 닫힌 방안에서, 고요한 나의 방에서 바람소리가 들린다. 가만히 그 소리에 귀를 기울인다. 그러다 문득 나는 깨달은 것이다. 아니 의심하게 된 것이다.

바람소리는 나의 방에서 들리는 것이 아니다. 바로 위층에서 들리는 소리다.

6. 낯선 층간소음

그래서 나는 바람소리에 더욱 귀를 기울인다. 밖은 비가 내리고, 낮에도 어둠이 내려 어둡고, 어디선가 바람소리가 들린다.

베란다 문이 활짝 열려 있다. 비바람이 거칠게 몰아치고, 창밖에는 나무들이 거칠게 몸을 흔든다. 커튼은 커다랗게 부풀었다가 줄어들기를 반복하며 펄럭인다. 몇몇 화분은 넘어져 있다. 깨진 화분에서 흙이 흘러나오고 있다. 베란다 바닥은 흙탕물 같은 것이 흥건하다. 모기장도 없는 베란다 문으로 비가 들이치고 있다. 나무로 된 거실바닥이 짙은 색으로 젖어간다. 어두운 TV화면이 창밖의 날씨를 다시금 보여주고 있다.

어두운 거실에 놓인 실내화가 젖어간다. 베란다에 벗어둔

슬리퍼도 젖어간다. 10층이 전부 젖어간다. 열린 창문으로 들이치는 비 때문에. 쇠로 만든 난간에 비가 후두둑, 부딪친다. 부딪치고 떨어진다, 저 바닥으로 투신한다. 검은 아스팔트 위로 쏟아진 비가 흔적도 없이 사라지고 있다. 마치 아무런 일도 없었다는 듯 부서지고, 어딘가로 흘러간다.

그 바람소리엔 적어도 이런 장면이 담겨 있는 것이다. 분명 아무도 없는 집은 아닐 텐데, 이렇게 궂은 날씨에 창문을 활짝 열어두었다고? 왜일까. 10층에 대한 생각이 점점 커져간다.

7. 기자 회견

언제 그 사실을 예상하셨습니까? 기자들의 질문에 내가 답을 하려는 순간, 번쩍 플래시가 터지듯 천둥번개가 친다. 웃음기 없는 기자들의 얼굴. 파란 얼굴이 보인다. 어떤 대답을 원하는 걸까. 네, 누가 살고 있는지는 모르지만 그런 것 같더라고요. 이런 날씨에 누가 창문을 열어두겠습니까?

왜죠?

나는 몸을 뒤척이고 침을 삼킨다. 다시금 천둥번개가 치고, 기자들의 얼굴이 보인다. 차갑게 빛나는 마이크들과 웅성거림. 그런 시대잖아요. 우울하고, 혼자 남은 것 같고, 어디로도 떠날 수 없는 그런 삶이 어떻겠어요, 아시잖아요?

기자들이 서로 눈빛을 주고받는다. 검은 양복이 흐트러진 와이셔츠의 어깨를 툭툭 친다. 옆에서 바라보던 바람막이가 카메라를 고쳐 쥐며 고개를 끄덕인다. 검은 양복이 나의 턱 밑에 마이크를 들이댄다.

그럼 당신은요?

침묵.

8. 이동

10층에 가보기로 한다.

나는 주섬주섬 옷을 챙겨 입는다. 양말을 신고 모자를 쓴다. 마스크를 쓰려다가 내려놓는다.

바닥에 널브러진 하얀 배달음식 비닐을 주워 쓰레기통에 버린다. 불을 켜두지 않은 거실은 어둡다. 밖은 계속 비가 내리고 있고, 이따금 거칠게 비가 베란다 창문에 부딪치는 소리가 들린다. 갈색 가죽 소파는 물을 먹은 것처럼 축축한 기운이 역력하다. 소파에 걸터앉아 창밖을 본다.

안녕하세요. 901호에서 왔는데요, 혹시 살아 계신가요? 왜 그렇게 소음이 없이 사시는 건지, 죽은 줄 알았습니다만 이렇게 멀쩡한 모습을 보니 다행이네요. 아 예예, 문 닫기 전에, 집에 베란다 창문이나 좀 닫으세요. 밑에 층까지 들리는 바람 소리 때문에 시끄러워 죽겠네요. 살아 있다는 소리를 내고 싶으시다면, 부디 다른 소리를 선택하시죠. 예를 들면, 음, 바이올린 같은? 물론 농담입니다. 아무래도 좋으니 안녕하시길 빕니다,

따위의 인사를 생각하다가 일어선다. 신발장을 뒤져 슬리퍼를 꺼낸다. 슬리퍼를 신으려다가, 아무래도 운동화가 나을 것 같다는 생각이 든다. 신발장을 뒤져 가장 편한 운동화를 찾아 신는다. 운동화 끈을 고쳐맨다. 끊어질 듯 바짝 끈을 묶고 나니,

괜히 초조한 마음이 든다.

9. 엘리베이터

담배를 한 대 피워야겠다는 생각이 든다. 이래저래 끊은 지 오래되었지만, 이런 기분이 들 때면 잠깐 머리를 식힐 필요가 있는 것이다.

복도는 차갑고 조용하다. 엘리베이터 문 앞에 서니 천장에 센서 등이 켜진다. 복도 바닥에 어지러운 무늬가 보인다. 한 번도 자세히 본 적 없던 무늬가 눈에 들어온다. 아귀가 맞지 않는 작은 돌조각들이 한 데 모여 박혀 있다. 저 복도의 끝이 보이지 않을 만큼 어둡다. 누군가 다가가지 않으면 켜지지 않는 센서 등이 줄지어 천장에 붙어 있다. 마치 저 복도 끝에서 얼굴을 본 적 없는 누군가 발을 끌며 올 것 같다.

소음과 함께 엘리베이터가 온다. 엘리베이터에 올라 1층을 누른다.

거울 속엔 긴장한 표정이 역력한 내가 있다. 긴장한 표정의 나 뒤엔 나처럼 조용한 놈이 서 있다. 그 놈은 아무런 일 없다는 듯이 나를 바라본다. 그래, 무슨 일이 있겠어?

무슨 일이 있을지도 모른다고 예상한 내가, 무슨 일이 있겠냐는 표정으로 나를 바라본다. 알 수 없는 표정을 하고 1층에 도착한다. 여전히 비가 오고 있다. 우산을 펼치고 아파트 문을 나선다. 우산 위로 비가 쏟아진다. 화단의 꽃들이 연신 고개를 흔들고 있다.

우산을 어깨에 걸치고 담배에 불을 붙인다. 우산대를 따라 빗물이 흘러 들어온다. 우산 어딘가에 구멍이 난 것 같다. 우산을 쥔 한 손이 서서히 빗물에 젖는다. 내뿜은 연기가 검은 우산 안을 맴돈다. 순간 흐릿해지는 시선 뒤로 아파트가 보인다. 우산을 들어 아파트를 올려다본다. 10층이 어디쯤일까. 2층, 3층, 4층…… 다른 집과 다를 것이 없다.

한 번은 그런 일이 있었다. 난데없이 화재 경보가 울리던 밤, 처음 보는 얼굴들이 모두 아파트 입구에 모였다. 하나같이 모두 심각한 얼굴로 아파트를 올려다보며, 여러 층을 훑어보기 시작했는데, 뭐랄까. 이상하게 죄를 지은 기분이었다. 모두 나를 의심하고 있는 것 같았다.

저는 집에서 요리를 하지도 않고요, 배달음식으로 연명하고 있습니다. 담배도 꼭 나와서 태우고요, 방안에서는 나름 금연을 합니다만, 네네, 그렇죠. 제 인생은 경보입니다만, 저는 조용하고 피해를 주지 않습니다, 같은 혼잣말을 하고 싶은 기분이었다.

결국엔 어느 층에서도 화재는 일어나지 않은 것으로 밝혀졌다. 누군가의 장난이었는지 오작동이었는지 알 수 없었다.

말 한 마디 섞지 않은 사람들은 약속이나 한 것처럼, 적당한 인원으로 나뉘어 엘리베이터에 올랐다. 누구도 말하지 않았다. 손가락을 뻗어 각자의 층을 누를 뿐이었다. 어쩐지 화재 따위는 사람들 얼굴에 일어난 것 같았다.

뭐 어찌되었건, 그런 의심 아닌 의심을 받았던 기분이지만, 그래도 나만큼은 나의 이웃의 안부를 묻자고 다짐한다. 담배를 한 대 더 피우고 올라오는 길, 다시 엘리베이터를 탄다. 거울을 보니 긴장한 표정도 없는 내가 나를 마주본다.

누군가 걸어오는 소리가 들린다. 조용한 복도에 발걸음 소리가 울려 퍼진다. 나는 열림 버튼을 꾸욱 누른다. 난생 처음 보는 사람이 엘리베이터에 탄다. 그가 10층 버튼을 누른다. 아니, 10층? 1001호?

나는 인사한다.

안녕하세요. 우산이 없으셨나요? 옷이 흠뻑 젖으셨네요, 이제 장마라는데 큰일이에요 아래 지방에서는 홍수주의보가 발령되었다고 하던데, 세상이 참 어찌 돌아가는지, 그렇죠? 며칠 전만 해도 해가 쨍쨍했는데 말이에요, 웃기지만 비가 오는 날엔 역시 파전이 생각나죠. 예전엔 그런 걸 많이 만들면 옆집에도 가져다주고 같이 먹고 그랬는데, 시대가 달라지긴 달라졌어요. 그렇죠? 그래도 지금은 뭐, 지금 이대로 편한 것들이 있기도 하고, 아 이런 얘기가 적합할지는 모르겠지만, 제가 우습게도 당신이 죽은 게 아닐까 생각해본 적이 있답니다. 하하 우습죠? 멋쩍어지네요. 아무튼 이렇게 건강하신 모습을 보니 너무 반갑고 그런 마음이네요. 네네 앞으로는 자주 뵙고 인사도 하시죠. 우리는 같은 곳에 사는 이웃이니까요. 이렇게 힘든 시기에 이웃끼리 돕고 살아야 되는 것 아니겠습니까? 하하하.

모르는 사람이 나를 본다. 쓰고 있는 마스크를 코까지 당겨 쓴다.

마스크나 끼세요.

아 예예, 나는 입을 가리고 미소 짓는다. 아무런 말도 하지 않았지만, 뭐 그런 종류의 말이 아니었을까. 거울 속 조용하던 내가 입을 틀어막고 웃는다. 조용하다. 물론 나는 소리내어 말하지 않는다. 그 사람도 그렇다.

엘리베이터는 9층에 멈춘다. 센서 등은 나를 기억이라도 하듯 다시금 불을 밝힌다. 엘리베이터에서 내린 나는 잠시 멈춰선다. 등 뒤로 엘리베이터 문이 닫힌다. 내 뒤통수에서 시선이 느껴진다. 복도는 고요하다. 나는 아무런 기척이 없는 901호 문 앞에 선다.

왠지 무슨 일이 생길 것 같은 밤, 아니 낮이다.

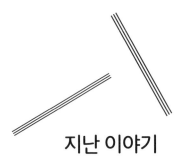

지난 이야기

최미래

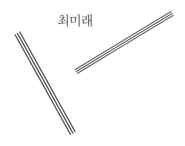

최미래

1994년 경기도 광주 출생
2019 〈실천문학〉가을호, 소설 「우리 죽은 듯이」
로 신인상 수상.

맥주 네 캔과 토마토 한 봉지를 식탁 위에 올려두었다. 이걸로 오늘 밤도 무사히 보낼 수 있을 것이다. 단조롭지만 나름 낭만적일 수도 있는. 맥주와 토마토는 여름과 무척 잘 어울리고, 나는 그 조합을 좋아한다. 유리잔에 따른 맥주와 막 씻어낸 토마토에 물방울이 맺혀 있는 사진을 인스타그램에 올리면 여유롭게 하루를 마무리하는 사람처럼 보일 것이다. 잘하면 내가 나를 잘 속여서 실제로도 여유를 얻게 될지 모른다. 그리고 시티팝을 틀어야지. 도회적인 느낌의 전자음이 집 안을 채우면 나는 정말로 쾌활하고 여유로운 사람이 되었다. 팔다리가 나른해지고 절로 고개를 까딱거리며, 이미 벌어진 사건들은 내 탓이 아니거니와 어떻게든 흘러가리라는 낙관적인 마음. 조금은 들뜬 채로 사는 편이 몸과 마음에 이로워. 몇 번이나 생각해봐도 그랬다. 그렇게 보낸 밤들은 불쑥 찾아오는 걱정을 줄여주었고, 나는 불안함도 없고 돈도 없고 다음도 없는 사람이 되었다. 나쁘지 않았다. 얼마 전 직장을 잃은 친구는 내 생활을 응원하며 말했다.

이럴 때일수록 부가적인 걸 잘 챙겨 먹어야 해. 너도 그렇고 물론 나도 그렇고. 술, 그래 너 술 좋아하잖아. 돈 없다고 좋아하는 거 포기하지 말고 꾸역꾸역 사 먹어.

부가적인 것이란 살아가는 데 꼭 필요한 것들 외에 사소한 사치를 뜻했다. 당장 오늘의 끼니를 때우기 위한 된장과 계란이 아니라 원할 때 골라 먹는 간식 같은 거. 친구에게는 마카롱, 내게는 과일과 술이 그랬다. 그 친구가 부가적인 것을 사 먹기 위한 용돈이나 지원금을 주지는 않겠지만 말 뿐이라도 그게 어딘가. 요즘엔 만나자는 연락보다 자기가 처한 상황을 하소연하는 연락이 많이 오는데 그것들보다는 나았다. 전화를 끊은 뒤에 우울만 덩그러니 고이는 경우가 잦아진 탓이었다.

요즘에는 이상한 일이 많이 일어나고 그 모든 것은 오미쿠지를 잃어버렸기 때문이다. 오미쿠지는 일본에 가서 뽑아온 행운의 종이로, 길흉을 점치는 제비뽑기 같은 것이다. 나는 길이 나왔다. 대길은 단어가 너무 크고 부담스러운데 길은 내가 누려도 될 정도의 행운인 것만 같아 마음에 들었다. 실제로 나는 딱 그 정도의 길을 누렸다. 마음에 드는 티셔츠가 세 일한다든가, 꼭 그날 사야 하는 섬유유연제가 마침 원 플러스 원이라든가 하는. 그것들은 너무나 사소해서 부담도 없고 걱정도 없었다. 코로나가 먼저인지 이사가 먼저인지는 기억나지 않지만 아무튼 그쯤 이사를 했고, 사물함 벽에 고이 붙여 둔 오미쿠지는 어디론가 뜯겨 나가고 말았다. 나는 그날 이후로 얼마 남지 않은 운을 모조리 빼앗겼다. 무슨 뜻인지 제대로 알지도 못하고 혼자서는 해석조차 불가능한 일본어 쪽지 하나에 너무 많이 의지했던 탓일까. 자잘한 것에서 시작해 감당할 수 없이 거대한 사건이 터질 때마다 나는 오미쿠지를 생각하지 않을 수 없었다.

일어로 적힌 나의 행운을 해석해 준 사람은 김사탕이었다. 야매로 익힌 히라가나를 천천히 읽어가며 오 꽤 좋은 점괘가 나왔는데, 하는 추임새도 잊지 않았다. 핸드폰 너머 김사탕의 목소리는 조금 들떠 있었고 나는 그 때문에 정말로 행운을 등에 업은 기분이었다. 우리는 전화로만 이야기했다. 아주 먼 곳에 떨어져 사는 사람들처럼. 얼굴을 본 지 거의 일 년이 넘어가는 사람들치곤 너무 자주 통화를 했다. 이틀 걸러 한 번 꼴로 누가 먼저랄 것 없이 전화를 걸어댔다. 어쩌면 그것으로 충분해 만나지 않게 된 걸지도 몰랐다.

뭐해?

맥주랑 토마토 먹어.

어제도 그렇게 먹었잖아.

그제도 그랬지. 요즘엔 거의 매일이 똑같아. 새로운 일이 생기질 않으니까.

말은 바로 해야지. 새로운 일은 자꾸 터지는데 네가 거기 없는 거지.

정확하네. 퇴근했어?

스피커 너머에서는 성의 없이 옷을 털어대는 소리가 들렸다. 나는 별 뜻이 담기지 않았지만 정확하게 들어오는 김사탕의 공격을 피해 시티팝 플레이 리스트의 볼륨을 높였다.

코로나가 터지고 요식업계, 공연계, 여행 관련 업종에 종사했던 친구들이 줄줄이 백수가 되었다. 거리에 나가보면 어느새 문을 닫은 음식점도 쉽게 눈에 띄었다. 하지만 내가 아는 사람들 중에는 코로나로 인하여 일이 바빠진 이도 몇 있었다. 국내 골프장 캐디와 의약업체 사원이 그러했다. 그중 나와 친한 친구는 캐디였는데 일터에서의 별명은 캔디였고, 내가 그를 부르는 애칭은 김사탕이었다. 일자리를 잃은 날에도 우리는 통화를 했다. 나는 계좌에 남은 금액을 보기 전에 우선 맥주를 샀다. 나도 캐디가 되어야겠어. 죽고 싶니? 넌 가끔 말을 너무 함부로 해. 미안, 장난이었어. 그 정도로 돈 벌 구석이 없다는 거지. 우리의 대화는 잠시 멈추었다. 하지만 누가 먼저 전화를 끊지는 않았다. 김사탕이 말했다. 손님들이 골프를 치면서 돈을 걸어. 요즘에 특히. 돈이 고이는 거지 여행을 못 가니까. 나는 그렇구나, 생각하면서 꿀떡꿀떡 목 뒤로 맥주를 넘겼다. 시원했다.

잠시 멈추었던 목소리가 이어졌다. 머리 위로 티셔츠를 벗는 소리가 고스란히 들려왔다.

야. 요즘 여기는 나방 때문에 미치겠다. 지뢰밭 같아. 매미나방 애벌레가 길에 쫙 깔렸다.

나는 창문을 바라보았다. 방충망에는 단 한 마리의 나방도 붙어있지 않았다. 하지만 김사탕이 무슨 얘기를 하는 줄은 알았다. 끊임없이 개체수가 증가하는 매미나방에 관한 기사를 본 적이 있었다. 날개에서 독 가루가 날려 함부로 만질 수도 없는 것들이 다닥다닥 나무에 매달려 있다고 했다. 강한 생명력과 번식력. 단어만으로도 지독하게 느껴졌다. 기후변화 때문에 매미나방이 판치고 역병이 도는 세상. 이건 어렸을 때 생각했던 미래 도시와는 너무 다르고 이상해. 징글징글하기도 해라. 친구들과 내가 코로나로 인해 그나마 겨우 유지하고 있던 일자리에서 잘리는 것도 어렸을 땐 예상하지 못했다. 이런 게 미래에서 기다리고 있는 줄 알았더라도 미리 준비할 수 있는 건 없었겠지. 누군가는 예측할 수 없다는 점이 인생의 묘미라고 말했는데, 그 사람이 지금 내 눈앞에 있다면 가차 없이 명치를 발로 차버리고 싶었다.

김사탕은 씻는 동안에도 옷을 갈아입으면서도 전화를 끊지 않았다. 나는 샤워기 물줄기 소리와 쾌활한 멜로디를 안주 삼아 새 캔맥주를 뜯었다. 수건으로 머리를 털면서 김사탕이 입을 열었다. 나는 오른쪽 귀로는 노래 가사를 듣고, 왼쪽 귀로는 김사탕의 말을 들었다.

오늘은 말이야. (나카하라 메이코의 'Fantasy')

끝나고 커피 한잔해요. (사랑은 프리즘의 판타지 그러니 분명)

그건 곤란해요 사장님. (다시 태어날 거야)

아니 무슨 내가 뭐 같이 놀자고 그랬나. 허허. 누가 들으면 커피가 음란한 신호라도 되는 줄 알겠어요. 그죠? (과거는 당신으로 이어지는 회전문)

커피가 음란한 신호는 아니죠. 하하. (밤은 프리즘의 판타지)

마치 웃긴 일화를 말하는 것처럼 성대모사까지 곁들인 김사탕의 목소리가 잠겨 있었다. 멀리서 바라보는 네온사인처럼 나른한 분위기. 노래는 기대만큼이나 김사탕의 말투와 잘 어울렸다. 슬쩍 같은 곡을 반복 재생으로 돌려놓았다. 생각해 보면 우리는 항상 졸린 상태였다. 피곤하거나 잠을 잘 못 잤거나 어딘가 어설프고 늘어지는 목소리로 통화를 이어갔다. 반쯤은 각자 다른 생각을 하는 것 같았다. 듣고는 있는데, 수업 시간에 딴짓을 하듯 슬그머니 서로의 이야기 속에서 빠져나와 있었다. 김사탕은 또 다른 이야기를 시작했고 나는 취기와 노랫소리, 김사탕의 나직한 목소리 가운데 어딘가를 헤매는 기분으로 엄마를 떠올렸다. 어제는 말이야,

소나기가 내렸다. 나와 엄마는 칼국수를 먹은 후 비를 피해 빵집 처마에 잠시 서 있었다. 칼국수를 먹는 내내 벌어 먹고사는 앞가림에 대한 잔소리를 들어서 사이가 서먹했다. 하늘은 맑았는데 빗줄기가 꽤 굵었다. 이걸 소나기라고 하나 여우비라고 하나 궁금했지만 묻지 않았다. 작은 나비 한 마리가 휘청거리며 빗속을 날고 있었다. 쓸 거면 저런 것들에 대해 써 봐. 나는 대답하지 않았다. 그저 속으로 생각만 했다. 나비는 여전히 비를 맞으면서 꾸역꾸역 날고 있었다. 바보 같기는. 엄마. 나는 저런 거 안 해. 안타깝고 속 터지는 거 말고, 지독한 매미나방 같은 거. 그런 게 될래요. 엄마한테는 그렇

게 말했지만 나는 안타깝고 속 터지는 쪽에 가까웠다. 그리고 비 오는 날의 나비 같은 김사탕의 이야기도 제대로 들어주지 못하지. 나는 나 불쌍한 몰골만 보느라고 다른 목소리를 들을 줄 모르고. 사실 그건 꽤 오래된 얘기다. 알면서도 종종 놓치게 되는 것이 현재의 얘기. (그때 사랑을 잃어버린 후로 거울의 반짝임을 잊고 있었는데)

요즘엔 손님이 많아서 팁을 많이 받지만 이상한 놈들도 참 많다는 걸 확인하게 된다니까. 쑥스러운 듯이 웃으면 망설이는 줄 아니까 확실하게 너털웃음으로 상대해야 해. (크리스마스트리 장식한 가게에서 아침까지 춤추며 지새우고 싶어) 웃기는 웃어줘야지. 안 그럼 잘려. 그저께는 말이야,

그저께는 고위직 남성이 비서로 근무하는 여성에게 오랜 시간 성추행과 성차별을 지속해왔다는 기사가 떴다. 기사를 접한 후 완전히 지쳐버린 김사탕은 손님의 골프채를 호수에 던져버리고 절친한 상사에게 혼이 났다. 그건 네 일이 아니잖아. 왜 직장에다 화풀이를 해. 공과 사를 구별해야지. 코로나 시대잖아. 컴플레인 들어오면 답도 없어. 그거 내 일 맞아 맞다고요. 너랑 내가 코로나에 걸린 건 아니지만 우리에게 일어난 사건이듯이.

대화는 결국, 그거와 그거랑은 다르지. 이거랑 이거와도 다

르고, 같은 개소리로 끝이 났다. 김사탕은 이제 그 사람을 절친한 동료가 아닌 깍듯이 모셔야 하는 직장 상사로 대해야 했다. 그래서 그저께부터 아니 사실 일주일 전부터, 어쩌면 아주 오래전부터 김사탕은 힘이 없어졌다. 우리는 무력과 무기력의 차이점을 생각했다.

나는 힘이 없어. 무기력하니까.

아니지, 무력하니까 무기력한 거지.

뭔데?

잘 봐. 힘이 없으니까 기운도 없는 거야. 기운이 없는 채로 살다가 또 무언가 사건이 터지면, 무력해서 해결을 못 하는 거야. 그러면 또 기운이 빠져버리는 거지.

아아 그렇구나.

진절머리가 난다.

그렇지. 환멸도 나지.

무력에서 무기력으로, 또 무기력에서 무력으로 우리는 돌림노래처럼 비슷한 이야기를 해댔고, 그건 그저께 일어난 사건과 몇 달 전에 일어난 사건이 아주 비슷한 모양으로 방방곡곡에서 반복되는 것과 같았다. (과거는 당신으로 이어지는 회전문) 우리는 우리가 다음에 나눌 이야기가 궁금하지 않았다. 다음 이야기는 이미 지나간 이야기가 되돌아오는 것뿐이니.

우리가 여전히 지난 이야기의 연장선에 멈춰서 있는 것일지도 모르겠지만. '지금, 여기'의 일이란 어영부영 지나가 이미 지난 이야기로 남거나 그 채로 삭제되어갔다. 그렇다면 문제, 다음의 이야기는 누구의 몫일까. 난 왜 이 글의 제목을 '다음 이야기'로 짓지 못했을까.

한 노래만 주구장창 듣고 있으니 트랙이 그려진 운동장을 천천히 걷고 있는 것 같았다. 누가 이름을 불러주지 않으면 계속 같은 곳을 걸으면서 어딘가로 가고 있다고 착각하겠지. 김사탕의 목소리는 나직하니 오래 듣기에 좋고 밤은 깊어질수록 멀리 떨어뜨려 놓았던 기분을 데려왔다. 알 수 없는 기분이 드는 적은 꽤 많았는데, 요즘에 나를 찾아오는 건 얕은 우울감이나 눈에 보이는 모든 것들을 부숴버리고 싶다는 그런 감각은 아니었다. 그러니까 이건 마치 한 번도 가본 적 없는 곳을 그리워하는 기분. 그런 마음이 들 때마다 나는 뭔지도 모르는 것을 상대로 애틋해 하다가 점점 차분해졌다. 나는 왜 와닿지도 않는 시티팝을 배경음악처럼 틀어놓고 사는 걸까. 사람들은 뭘 느끼고 싶어서 칠팔십 년대의 음악 스타일을 다시 꺼낸 것일까 생각해보면, 그 설명할 수 없는 기분이 허리를 감으며 기어 올라왔다. 맞아. 그 노래들을 듣는다고 마음이 무작정 편해진다거나 현실에서 떠날 수 있을 것만 같다거나 하지 않았다. 사실은 모두가 알고 있었다. 시티팝 특유의 낭만은 너무 가짜 같아서 도저히 닿을 수 없는 곳의 노래처럼 여겨진다는 걸. 갈 수 없다. 다시는 돌아갈 수 없는 곳. 혹은 한 번도 가본 적 없지만 아련하게 남아버린 어떤 시절에 대한 향수.

이제 졸리다.

뭐라고?

재밌는 꿈을 꾸면서 자는 거야. 나는 소망하는 게 너무 많으니까.

김사탕은 그렇게 말했지만, 내 소망은 김사탕이 잠을 잔 후에 개운하게, 꼭 일어나는 것이었다. 난 네가 일어나면 좋겠어. 우리가 언젠가는 완전히 깨어있는 상태로 이야기를 나누면 좋겠다. 정말로.

내일도 전화해도 돼?

응 제대로 들을게.

지쳐 있는 상태를 마구 뽐내도 되는 사이라는 건 약간의 안도감이 든다. 너에게 오미쿠지가 그랬던 것처럼.

잘 자, 행복한 꿈을 꿔라.

잘 자, 깊은 잠에 들어라.

우리는 서로에게 필요한 덕담을 인사로 나누고 전화를 끊었다. 김사탕은 바로 잠에 들 것이다. 오늘도 열심히 일해서 피곤할 테니. 남은 맥주를 홀짝이면서 노래를 들었다. 여전히 한 곡만이 반복 재생되고 있었고, 그 노래는 어지간히 마음에 들었다. 김사탕의 말처럼 나는 잠들기 전에 오미쿠지를 보면서 안도했던 적이 많았다. 점괘로 '길'을 받은 사람이니까 괜찮아, 사소한 행운에 둘러싸여 살게 될 거야. 이렇게 생각했다. 혼자서는 뭐라고 쓰여 있는지 읽지도 못하면서. 엄마는 내게 빗속에 휘청거리는 나비 같은 글을 쓰라고 했었지. 꽤 멋진 말이었다. 문득 전화를 걸고 싶었으나 너무 늦은 시간이라 문자를 남겼다. 마스크 안 부족해? 집에만 있으니까 적적하지 않아? 우리 자주 얘기하자. 낮에 전화 걸게요. 나는 내 마음을 알아달라는 낙서와 편지밖에는 그려본 적이 없는데, 생각해보니 그건 꽤 울적한 일이었다. 끔찍하거나 슬프다기보다 음. 역시 울적해. 울적한 건 애매한 감정이라서 아무도 알아주지 않고 나조차 쉽게 속여버렸다. 엄마, 누군가의 행복을 빌어주면서 그런 마음과 생각을 지닌 채로 무언가 만드는 거, 그런 거 내가 할 수 있을까.

오후가 다 되어 깨어나니 김사탕에게 카톡 메시지가 잔뜩

와 있었다. 희롱이나 추행을 당했을 것이다. 일하는 도중에는 핸드폰을 잘 보지도 않으니까. 김사탕에게 일어난 일을 자연스럽게 그 방향으로 떠올려버린다는 게 슬펐다. 메시지를 보지 않은 채 핸드폰을 덮어두었다. 습관적으로 시티팝 플레이리스트를 틀었다. 밤에 설정해둔 그대로 한 곡만 반복적으로 재생되었다. 이런 멜로디 한낮의 나른함과도 어울려. 구인구직 사이트를 훑다가 눈을 돌리니 빨랫감이 가득 찬 바구니가 보였다. 오늘은 날씨가 좋고 확진자 동선을 알려주는 긴급재난정보 알림도 세 번밖에 울리지 않았다. 나는 가벼운 마음으로 세탁기를 돌렸다. 온통 수건과 속옷뿐이었다. 세제를 넣는 와중에도 지난 밤 꾸었던 꿈이 선명하게 그려졌다.

두 아이가 눈 덮인 산을 오르고 있고, 얼굴이 보이진 않지만 그 아이들이 나와 김사탕이라는 걸 직감적으로 알 수 있었다. 내가 나이고 김사탕이 김수영이었던 시절. 우리에게는 함께 보낸 어린 시절이 없었는데 왜 나는 이런 꿈을 꾸어야 할까. 그렇게 생각했다. 아무리 동네 어디에나 있는 작은 산이라도 밤의 산은 무척 어둡고 춥고 넓었다. 칼로 연필을 깎는 것처럼 서걱서걱 눈 쌓인 땅을 걷는 발소리가 들렸다. 가끔 나뭇가지에 쌓여 있던 눈이 우르르 쏟아졌다. 귀가 아플 만큼 공기가 찼다. 어둠 속에서 두 개의 작은 입김이 보이다가 사라졌다. 아이들은 밝은 달빛에 의지해 겨우 걸었다. 무엇을 보기 위해 산에 오르기 시작했는데, 나는 관찰자의 시선으로 어린 모습을 한 나와 김사탕을 보고 있었기 때문에 그게 무엇인지 알 수 없었다. 왜 꼭 밤이어야 했는지도. 그저 부지런히 걷는 모습. 낡은 운동화 앞코가 눈에 젖어 있었다. 당장이라도 신발을 벗겨 아이들의 엄지발가락을 오른손으로 꽉 쥐여주고 싶었다. 꿈에서 깬 직후에는 어찌어찌 산에서 내려와 각자 집으로 간 것이 기억처럼 남았다. 어린 모습을 한 나는 너무 늦은 시간에 들어왔다고 부모님에게 굉장히 혼이 났다. 춥고 서러운 마음이 들면서도 이들이 나를 사랑하는 걸 느꼈지. 김수영도 혼이 났을까, 많이 혼났을까 궁금해하며 나는 다시 잠에 들었다.

걔네는 뭘 보기 위해 밤에 산을 올랐을까. 겨울 꿈을 꾼 이유는 에어컨을 켜고 잤기 때문인 것도 같았다. 김사탕은 늦은 퇴근 후에 집에 돌아와 내게 전화를 할 것이다. 그러면 나는 또 노래를 틀어놓은 채로 이야기를 듣겠지. 김사탕에게 있었던 일들을 잘 듣고 잘 말해주고 싶었다. 희롱을 받아내는 게 역할인 직업은 없다. 그런 일상을 살아가야 하는 인간도 없어. 우리는 아주 절망하고 또 절망할 테지(사랑은 프리즘의 판타지), 그래서 지난 이야기를 제대로 직시할 수 있어(그러니 분명 다시 태어날 거야). 그렇다면 다시 문제, 다음 이야기는(밤은 프리즘의 판타지) 누가 펼쳐 볼래(두 사람 일곱 색으로 비추어). 이야기를 나누는 거, 꽤 괜찮은 하루의 마무리가 될 수도 있겠다. 세탁된 빨래를 다시 바구니에 담아와 착착 널었다. 널기 전에는 온 힘을 다해 털었다. 개운했다. 지폐처럼 푸른 오미쿠지가 미약한 접착력으로 빨래 건조대에 붙어 있었다. 나는 그걸 떼어내 조용히 구겼다. 아무 일도 일어나지 않았다. 덜 마른 빨래는 촉촉하니 시원했고, 진동하는 섬유유연제의 단내. 건조대는 금세 가득 찼다. 실크 소재의 팬티가 자꾸 떨어져 몇 번이나 허리를 숙여야 했다.

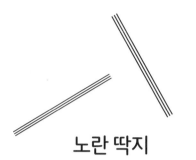

노란 딱지

정무늬

정무늬

1982년 경기도 의정부 출생.
2020년 세계일보 신춘문예 「터널, 왈라의 노래」
가 당선.
웹소설 작가 겸 유튜버 '웃기는 작가 빵무늬' 채
널을 운영 중이다.

문성실 선생님은 그동안 만나본 정신과 의사들과 달랐다. 일단 아침 일찍 일어나, 햇볕을 쬐며 산책하라는 말을 안 했다. 그것만으로 위로가 됐다. 규칙적인 생활습관이 중요하다는 거 누군 몰라? 침대에서 휴대폰 보면 안 좋다는 거 누군 모르냐고? 삼시 세끼 챙겨 먹고, 긍정적으로 생각하라는 말을 들을 때마다 기운이 쭉 빠졌다. 우리 엄마라면 몰라도 정신과 의사는 보다 전문적인 충고를 해줬으면 싶었다.

　"요즘 어떻게 지내세요?"

　문성실 선생님이 물었다. 카카오프렌즈 티슈와 진료차트 대신 놓인 와콤 액정 태블릿을 보는 것만으로 마음이 편해졌다. 빈말로도 세련됐다고 할 수 없는 선생님의 헤어스타일도 편안한 분위기를 만드는 데 일조했다. 약만 지어 가려고 했는데. 마스크를 고쳐 쓰고 등받이에 허리를 깊이 묻었다.

"저야 늘 자발적 자가격리 상태였으니까 괜찮아야 하는데. 갇힌 것처럼 답답해요."

"잠은 잘 자요?"

"꿈을 많이 꿔요. 달리기도 하고, 엄마랑 싸우기도 하고."

"글은 어때요?"

문성실 선생님은 한 달에 한 번꼴로 내 인생의 대소사를 들었다. 순문학을 관두고 웹소설을 시작했다는 것도, 웹소설 작가로 자리를 잡아갈 때쯤 신춘문예로 등단했다는 것도 알았다. 반복해서 꾸는 악몽이나, 잠들기 직전 나를 기습하는 불안에 대해서 기억해뒀다가 적절한 타이밍에 질문을 던지곤 했다. 나의 내밀한 부분을 제일 잘 아는 사람은 가족이나 친구가 아닌 문성실 선생님이었는데 환자와 의사라는 건조한 관계성과 우리가 주고받는 대화의 온기를 생각하면 여러모로 다행이었다.

"글보다 유튜브가 문제에요. 올리기만 하면 노란딱지거든요."

"노란딱지가 뭔데요?"

"광고주가 선호하지 않는 영상이란 뜻이에요. 광고가 안 붙죠. 100만 뷰가 터져도 노란딱지면 수익이 0원이에요."

"열심히 만들었을 텐데 신경 쓰이겠네요."

"이유라도 알려주면 좀 좋아요? 유튜브 그 자식은 수수료만 받아먹지 설명을 안 해줘요. 썸네일 고치고, 제목 고치고……. 별짓 다 해도 노란딱지가 안 풀리는 거예요."

"심란하겠네요."

"옐로카드는 보통 경고잖아요? 삼세번까지는 아니더라도 한 번은 기회를 줘야 하는 거 아니에요? 이유도 안 가르쳐주고 퇴장시켜버리는 게 어디 있어요?"

문성실 선생님이 말없이 미소 지었다. 세상엔 비디오판독 돌리듯 똑떨어지는 경고보다 눈물 쏙 빠지게 억울한 아웃이 더 많다는 걸 스스로 되새길 때까지 시간을 주는 거였다.

"약 줄여보시겠어요?"

"늘리지 않으면 다행이게요."

"전에 드시던 만큼 드릴게요."

"병원에 사람 많네요. 목요일은 한적했었는데."

"팬데믹 때문에 우울해하시는 분들이 많거든요."

정신과도 코로나 특수 업종이었구나. 의외다 싶다가 쓴웃음을 지었다. '이 시국에' 정신과 말고 붐비는 곳이 또 있을까? 아무런 예고 없이 일상이 무너졌다. 새롭게 익혀야 할 규범은 너무 많았다. 악수도 안 되고, 포옹도 안 됐다. 줌인지 뭔지 하는 화상통신 어플까지 능숙하게 다뤄야 했다. 적응하지 못할까 봐 불안했다. 다시 돌아가지 못할까 봐 두려웠다. 백신이 개발되더라도 예전처럼 살 수 없을 거라고, 그러면 안 되는 거라고 전문가들이 충고했다. 뉴노멀이란 단어를 들을 때마다 익숙하고 친근한 것이 싹둑 잘려나간 것 같았다. 중요한 무언가를 잃은 것 같은데, 그게 왜 중요했는지조차 잊어버리게 될까 봐 나는 한 달 치 약봉지를 품에 안았다.

유튜브 스튜디오에 접속했다. 몇몇 키워드를 바꿔봤지만 노란딱지는 풀리지 않았다. 이의신청을 넣었다. 언제쯤 검토가 끝날까? 유튜브 직원들이 재택근무하는 바람에 처리 속도가 늦어졌다는 말이 돌았다. 사실인지 아닌지는 몰랐다. 평소와 다름없는 척 애쓰고 있지만 다들 우왕좌왕하고 있었다. 5월에 찍은 워터파크 영상은 버리기로 했다. 때가 어느 땐데 놀러 다니느냐는 악플이 달릴 게 뻔했다. 2주 만의 첫 외출이었고, 전기세나 물세 따위가 걱정될 만큼 인적 드문 워터파크였지만 키보드 앞 사람들은 신경 쓰지 않을 거였다.

이 영상도 버려야 하나? 카메라 두 대와 무선 마이크를 동원해 찍은 콘텐츠였다. 생물을 공수하느라 제작비도 제법 들었다. 포기하기엔 아까운데 내버려 두자니 꺼림칙했다. 노란딱지가 채널에 부정적인 영향을 준다는 대형 유튜버의 충고 때문이었다. 충고는 항상 어려웠다. 받아들이는 게 여러모로 좋다는 걸 알면서도 그랬다.

"댓글로 이 정도 의견은 낼 수 있는 거 아냐? 비아냥처럼 보이지 않는데?"

그녀가 말했다. 사실 어렴풋이 알고 있었다. 나에겐 손발이 덜덜 떨리는 악플이지만 누군가가 보기엔 유튜버라면 감수해야 하는 그저 그런 댓글이라는 걸.

"이런 댓글 더 많아질 텐데. 좀 무던해져야지."

예민한 내가 문제라는 거야? 그녀의 충고가 옳다는 걸 알면서도 삐딱해졌다.

"이 이야기는 그만하자."

삽시간에 냉랭해지던 공기의 질감을 어떻게 잊을까. 단단히 틀어졌다는 걸 눈치챘음에도 대화가 끊어질까 봐 어색하게 말을 돌리던 그날의 우리를.

솔직해지자면 이해받고 싶었다. 친구라면 내 편이 되어줄 거라 믿었다. 아니, 내 편이 돼주는 게 친구라고 생각했다. 편협하고 이기적인 속내가 부끄러웠다. 그 부끄러움조차 이해받고 싶었다. 며칠째 그녀가 꿈에 나왔다. 그녀는 앞으로 연락하지 말랬다가, 다 장난이었다고 내 옆구리를 찔렀다. '무서웠잖아. 널 잃게 될까 봐.' '넌 가끔 되게 바보 같은 생각을 하더라.' 우린 시답지 않은 농담을 하며 웃었다. 전부 꿈이었다. 꿈에서 쫓겨난 나는 단짝 친구의 생일파티에 초대받지 못한 꼬마처럼 소리 내어 울었다.

'뜬금없지만 오늘 내 생일이야.' 그녀에게 문자 메시지를 보냈다. 그녀는 답하지 않았다. 전화도 받지 않았다. 그만 인정해야 했다. 그녀와 날 이어주던 고리가 끊어졌다는 걸. 견고한 줄 알았지만, 언제 끊어져도 이상하지 않은 헐거운 연결이었다는 걸. 비릿한 말로 자조해봤지만, 가슴 부근이 뜨겁고 아렸다.

대학 시절을 함께 한 친구에게 절교 선언을 들은 적이 있었다. 굳이 '우리 인제 그만 만나'라는 말을 해야 했니? 자연스럽게 멀어질 수 있었잖아? 그렇게 묻는 대신 '네가 보기 싫다면 어쩔 수 없지. 혈연도 아니고 직장생활도 아니니까.'라고 말했다. 나름 쿨한 척한 거였다. 그리고 후회했다. 미대관 작업실에서 신나 냄새를 맡으며 라디오를 듣던 밤이. 때늦은 첫 경험과 우릴 버리고 떠나간 개자식들에 대한 시시콜콜한 논평이. 네 덕분에 더 빛나던 내 스무 살이 사라지기라도 한 것처럼. 그 친구도 꿈에 나왔다. 이쯤 되니 문제는 내 쪽에 있는 게 분명했다. 이번엔 무슨 실수를 한 걸까? 알려줬으면 조심했을 텐데.

물론 그녀는 옐로카드를 줬을 수 있다. 내가 퇴장당해 마땅한 일을 저질렀음에도 레드카드 대신 옐로카드를 꺼냈을지도 모른다. '너무 심하게 웃는 거 아니야?' 그래, 그 목소리. '네 말이 다 맞아. 내가 너무 심했어.' 그때 그 눈빛도 심상치 않았지. 나는 그녀가 내민 옐로카드를 보려 하지 않았거나, 그 정도는 괜찮겠거니 했다. 또 뭐가 있을까. 집 안에 틀어박힌 채 흘러간 시간을 되짚었다. 하루에 한 번은 뭔가 떠올랐다. 그때마다 한 움큼씩 우울해졌다. 공들인 관계를 무너뜨리고, 함께 한 시간을 덧없게 만든 책임은 오로지 내 몫이었다. 문성실 선생님이 처방해준 약을 먹었다. 원래 먹고 있었지만 더 열심히 먹었다. 그래도 우울했다. 혼자서 헤쳐 나오지 못할 파도에 휩쓸린 기분이었다.

"그 고민하느라 약속을 미뤘다고?"

서울역 양꼬치 집에서 노수가 물었다. 빙글빙글 돌아가는 양꼬치를 보며 구운 마늘 껍질을 벗겼다. 손님은 노수와 나 둘뿐이었는데 자차이(榨菜)를 가지러 셀프바에 갈 땐 마스크를 썼다. 샤브샤브 뷔페가 아니면 집 밖으로 나오고 싶지 않앉는데. "뷔페는 안돼." 인사동 K미술관에서 큐레이터로 일하는 노수가 단칼에 거절했다. 코로나에 걸려서 미술관이 폐쇄되면 관장의 짜증을 어떻게 감당하느냐는 거였다.

"그럼 뷔페 갈 수 있을 때쯤 보자."

"그냥 나와. 내가 쏠게!"

노수는 밥 산다는 말을 무슨 협박처럼 했다. 이 시국에 뭘 그렇게까지, 라면서도 날 보고 싶어 하는 누군가가 있다는 것이 은근히 기뻤다. 노수가 맥주잔을 비웠다. 나는 시커멓게 탄 양고기를 쇠꼬챙이로 찔렀다.

"네 말처럼 간단하지가 않다니까."

"이유를 알려주지 않는 게 문제야, 공들인 시간이 아까운 게 문제야?"

"둘 다 문제거든."

"어차피 끝난 거 매달려봤자 너만 구차해지는 거야."

"좀 구차해지면 안 돼?"

"구차해지고 싶으면 마음껏 구차해지렴. 네 속은 썩어 문드러질 테지만."

노수가 칭따오를 한 병 더 주문했다. 요즘 노수는 전화벨만 울려도 심장이 오그라든다고 했다. 대관료를 날린 작가들이 전화로 욕을 쏟아낸다나? 전시 대부분은 취소됐다. 오픈하더라도 관객을 받지 못했다. 작가들은 처음이자 마지막이 될지 모르는 전시에서 포트폴리오용 사진만 찍고 쫓겨나야 했다. 자신이 큐레이터인지 부동산 임대업자인지 모르겠다고 한탄하던 노수는 미술관 욕받이로 다시 태어났다. 주량이 늘지 않으면 이상한 날들이었다.

"네가 보기에도 노란딱지 같아?"

"그만 털어버리라니까."

"또 이러면 어떡해? 대비책을 세워야지."

"같은 실수를 반복하고 싶지 않다?"

"이건 되고, 저건 안 돼! 이거 하고, 그거 하지 마! 속 편하게 알려주면 좋겠어."

"그걸 어떻게 알려주냐? 상황에 따라 다를 텐데."

"요즘 유튜브 화질 구려진 거 알지? 봉쇄니 격리니 사람들이 집에서 유튜브만 보잖아. 유튜브는 송출 영상 퀄리티도 유지 못하면서 규제만 때려. 자기가 슈퍼 갑이라 이거지."

"유튜브 원망할 시간에 글이나 써."

"더 잘할 수 있지 않았을까? 적어도 망치지 않을 수는 있잖아? 그런 생각을 놓질 못하겠어. 내려놓으면 되는데, 손에 딱 붙은 것처럼 떨어지지 않아."

양손에 든 양꼬치를 붙잡고 웅얼거렸다. 딱하다는 얼굴로

날 바라보던 노수가 갓구운 양꼬치를 내 손에 쥐어줬다.

"놓지 말고, 다시 시작해."

"뭘?"

"초록딱지 영상. 내가 도와줄게."

노수와 나는 레깅스 등산 영상을 찍기로 했다. 몸매가 그대로 드러나는 레깅스 차림으로 까마득한 수리산 정상을 올려다봤다.

"조난될 것 같은데."

"히말라야 아니고, 안양이다."

"산소 결핍으로 쓰러질지도 몰라. 너도 알잖아? 나 호흡기 약한 거."

"오백 미터도 안 되는 산이야. 산책하는 셈 치고 가자."

"산에는 왜 올라가는 거야? 산 아래도 이렇게 좋은데. 공기도 맑고, 막걸리랑 파전도 팔고."

성질을 부리는 날 무시하고 노수가 카메라를 들었다. 날이 더웠다. 마스크 안에 갇힌 열기 탓에 땀이 흘렀다. 매미나방 송충이는 얼마나 많은지! 송충이를 밟지 않으려고 애써봤지만 런닝화 밑창에 짓이겨진 송충이가 들러붙어 있었다.

"안될 것 같아. 내려가자."

"조금만 가면 정상이야."

"미쳤나 봐. 진짜 꼭대기까지 가려고 했어?"

"정상 뷰 찍어줘야지. 그래야 화면이 이뻐."

유튜버도 아니면서 노수가 욕심을 냈다. 노수가 들고 있던 카메라를 빼앗아 촬영분을 확인했다. 앵글이 지루했다. 레깅스로 어필하기에 그닥 매력적인 골반도 아니었다. 헉헉거리는 소리 지우고, 송충이 지우면 남는 부분이 얼마 없었다.

"관두자. 이 시국에 놀러 다닌다고 욕먹을 수 있어."

"레깅스 등산이 핫하다고 한 건 너잖아?

"등산 분위기만 내는 줄 알았지. 레깅스가 살색이라 노란딱지 맞을지도 몰라."

"올리지도 않았는데 어떻게 알아?"

"그 정도 각은 나오지."

"이유도 안 알려준다고 징징거리더니. 이제는 각 나온다?"

노수의 목소리가 날카로워졌다. 핑크색 선글라스는 흘러내렸고, 모자챙은 반쯤 찌그러져 있었다. 등산을 즐기는 노수였지만 카메라를 들고 등산을 하는 건 처음일 것이다. 도와주겠다고 나섰는데, 중간에 관두자고 하니 짜증나겠지. 그보다 중요한 걸 놓친 것 같은데…… 허옇게 질린 노수를 보면서 아차 싶었다.

"너 배고프지?"

"당연하지! 벌써 오후 2시잖아?"

"아침 먹었다고 하지 않았어?"

"아침은 아침이고, 점심은 점심이지. 보통 12시에 점심 먹는다고!"

노수는 그런 사람이었다. 삼시 세 끼 꼬박꼬박 챙겨 먹고, 새벽 5시에 일어나 등산하는 사람. 고상한 척하는 작가들의 상스러운 면을 감내해야 하는 사람. 느지막이 일어나 저녁 8시쯤 한 끼를 먹는 나와는 완전히 다른 사람. 그녀가 내 가장 오래된 친구라는 게 새삼 신기했다.

"관계에도 유통기한이 있을까?"

전망대—결국 정상까지 올라가지 못했다—에서 김밥을 먹으며 물었다. 노수는 김밥 한 줄을 해치우고, 내가 우산 모양으로 잘라온 수박을 씹었다.

"상할까봐 걱정돼?"

"언젠가 끝난다는 게 씁쓸해. 안 끝났으면 좋겠거든. 맛도, 영양가도 변함없이 지켜졌으면 좋겠어."

"따지 말고 키우면 되겠네."

"그게 무슨 소리야?"

"열매를 나무에서 따지 말고 키우라고. 물도 주고 거름도 주고. 가공식품으로 만들지 말고 살아있는 상태로 냅둬."

김밥 봉지를 쪽지 모양으로 반듯하게 접으며 노수가 말했다. 돗자리 위에 드러누운 채 긴 숨을 몰아쉬었다.

"그거 좋네. 바람 불면 바람 맞고. 비 내리면 비 맞고."

"자연스레 떨어져도 괜찮아. 열매가 씨앗이 될 수도 있잖아?"

"말 되게 멋있게 하네. 요즘 책 좀 읽나봐?"

"그냥 네가 할 수 있는 것만 해. 답답하다고 캐묻지 말고. 어차피 답도 돌아오지 않는데."

"……쓸데없이 예리하다니까."

"어휴. 내가 널 모르냐. 네가 날 모르냐?"

나한테 노란딱지 주고 싶을 때 없었어? 라고 물으면 노수는 너무 많아서 다 까먹었다고 대답할 거였다. 분명 나도 그랬을 테니까. 잊어버리는 것도 배려구나. 하찮다거나 대수롭지 않아서가 아니라 계속 함께하고 싶어서 지우는 기억도 있구나.

노수가 내 옆에 누웠다. 수박 향이 싱그러웠다. 노수와 처음 만났을 때도 여름이었다. 우린 같은 교복을 입고 같은 화실에서 그림을 그렸다. 같은 대학에 진학했고 같은 해에 졸업했다. 첫 배낭여행을 함께 갔고, 붓보다 무거운 건 들어본 적도 없으면서 같은 골프장에 캐디로 취직했다. 우린 너무 다른 사람이지만 같이 한 건 셀 수 없이 많았다. 앞으로도 그러고 싶었다. 한 그루의 나무를 같이 키우는 어설픈 농부들처럼.

"노수. 나한테 충고 하나 해줄래?"

"갑자기 무슨 충고?"

"아무거나 해줘. 뭐든 들을 준비가 된 것 같거든."

"왜?"

"더 나은 사람이 되고 싶어서."

또 뜬금없는 소리하고 앉았네, 라는 표정을 짓던 노수가 목소리를 낮췄다.

"솔직하게 말해도 돼?"

"물론."

"맘 상하기 없기다?"

"뭔데 겁주고 그래? 내가 그 정도로 꼴 보기 싫었어?"

노수가 휴대폰으로 내 영상을 켰다. 노란딱지가 선명한 그 영상이었다.

"제발 지워! 징그러워서 못 보겠어!"

영상 속의 나는 살아서 꾸물거리는 개불을 쥐고 있었다. 주방용 가위로 개불의 항문을 따고 몸통을 갈랐다. 흐르는 물에 내장을 씻은 개불을 초장에 찍어 먹기도 했다.

"내 회심작인데 너도 별로였어?"

"최악이야! 너 때문에 유튜브 추천 영상에 개불만 뜨고 있다고!"

"노란딱지 맞아도 싸다는 거야, 뭐야?"

"네가 이유를 모르는 게 더 황당하다. 칼 쓰지, 살생하지, 술병 나오지! 너라면 광고 주고 싶겠어?"

노수의 말에 한 대 얻어맞은 기분이었다. 개불이 왜? 색깔도 예쁘고 맛도 좋은데? 설마 나만 몰랐던 거야? 몇 가지 질문을 삼키고 노수를 돌아봤다.

"징그럽다면서 다 봤어?"

"도저히 못 보겠어서 소리만 들었어."

"끄면 되지."

"어떻게 끄냐? 네가 뼈 빠지라 만들었을 텐데."

노수가 구시렁거렸다. 할머니들보다 일찍 자는 주제에 밤 11시까지 하는 내 라이브 방송에 꼬박꼬박 들어오는 노수. 출판사 증정본 나오기도 전에 내 책을 사 읽는 노수. 노수는 이번에도 나보다 일찍 나무를 키우고 있던 모양이었다.

"이번엔 무조건 초록딱지다! 정상 뷰도 찍고, 골반도 찍고, 다 찍자!"

기세 좋게 한 말 덕분인지 노수와 찍은 영상은 초록 딱지였다. 광고도 붙었다. 하지만 조회 수는 폭망. 수익은 5달러도 되지 않았다. 아쉽진 않았다. 영상을 볼 때마다 그날이 떠오를 테고, 모자라고 뾰족한 나를 일깨워주는 한 사람에게 감사할 테니까.

　-좋은 풍경 보게 해주셔서 감사합니다. 자가격리 중이었는데 덕분에 눈 호강했어요.

　영상에 댓글이 달렸다. 그 밑에 대댓을 달았다.

　-좋은 친구 덕분에 찍은 영상입니다. 님 곁에도 그런 친구가 계셨으면 좋겠습니다. 2주 뒤에 웃으며 만날 수 있도록요.

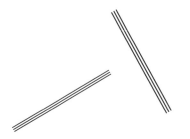

그렇게 오늘을 살아요

이병국

이병국

1980년 인천 강화 출생.
2013년 동아일보 신춘문예 시「가난한 오늘」당선.
2017년 중앙일보 중앙신인문학상에 평론 당선.
2019년 제4회 내일의 한국작가상 수상.
작품으로 시집『이곳의 안녕』이 있다.

"그러니까 아직은 안 된다는 말이지?" 새로 산 잔을 꺼내며 남자는 중얼거렸다. 브로이펍에서 오천 원을 주고 산 맥주잔은 캔 맥주 하나를 따르면 딱 떨어지는 크기였다. 맥주 위의 거품까지, 딱. 무게감은 얼마나 좋은지, 오른손에 감겨드는 묵직한 느낌은 고등학생 때 남자를 괴롭히던 녀석들에게 달려들었다가 대신 두들겨 맞아 준 친구를 곁에 두고 있는 듯하다. 게다가 열세 살 반려묘, 푸코가 아무리 힘이 좋다 해도 절대 넘어뜨릴 수 없는 무게감이기도 하다. 남자는 이 무겁고 투명한 세계가 위안이 된다고 생각했다. 나는 남자의 잔에 맥주를 따랐다. 정성을 다해. 그건 알 수 없는 법칙과 같은 것이다. 중력처럼 자연스러운 일상이다.

코로나 블루가 코로나 바이러스보다 무섭다는 이야기를 했다. 밖으로 나가 사람을 만날 기회를 잃어버린 것보다 내 앞의 사람을, 옆에 앉아 있는 사람을 의심하고 멀리하려는 마음의 거리가 자신을 저 깊은 우울 속으로 가라앉혔다. 시도 때도 없이 밀려드는 혐오가 거울이 되어 나를 비췄다. 남자는 그렇게 생각했다. 근접한 삶은 위험하다. 아니, 그렇지 않다. 알 수 없는 일이다.

그래도 남자는 괜찮다고 말했다. 늘 그래왔듯이 이 또한 지나갈 것이라고. 블루는 넓게 펼쳐진 색이면서 깊이 가라앉은 심연의 색, 불가능한 색이다. 그렇기 때문에 괜찮은 색이기도 하다. 누구에게나 동일하게 영향을 미치는 블루. 남자는 파랗게 칠한 꽃을 보여줬다. 블루 재스민. 2013년에 나온 동명의 영화 제목이 떠올랐지만, 컬러링북 한 면을 채운 커다란 꽃이 눈앞에 놓였다. 남자는 재스민에 얽힌 전설을 이야기했다. 짝사랑하는 남자, 재스민, 꿈과 환상 그리고 죽음. 우울한 이야기일 따름이다. 그보다는 컬러링북에 관심이 더 갔다. 언제였더라, 컬러링북이 유행하여 누구나 한 권씩 자기만의 정원을 꾸몄던 때가. 12색으로 시작한 색연필이 72색으로 바뀌기까지는 채 한 달이 걸리지 않았던 그때. 그만큼 다채롭게 꾸며진 나만의 정원에서 혼자 숨바꼭질을 했다. 아무도 찾지 않는 정원에서 놀다보면 시간이 속된 말로 '순삭' 되었다. 누구의 방해도 받지 않고 자발적 자가격리를 가능하게 했던 '잇템'이었는데. 어디쯤에선가 사람들의 관심 밖으로 밀려났다 최근에 심리 치료를 위한 목적으로 다시 불려나왔다. "컬러링북해요?" 나는 남자에게 물었다. 남자는 72색 색연필 케이스를 쌓여 있는 책 밑에서 꺼냈다. 우리는 잠깐 웃는다. "다양하게 쓰고 싶은데 자꾸 쓰는 것만 쓰네요."

반복하는 삶에 대해 우리는 이야기했다. 아침에 눈을 뜨면 남자는 밥을 안치고 밥이 되는 동안 청소기를 돌렸다. 원룸이 편한 점은 청소하는 데 품이 많이 들지 않는다는 데 있다. 간단하게 쓱쓱, 몇 발자국 자전하면 대충 고양이털을 다 없앨 수 있다. 그러고는 전날 먹고 남은 찌개를 데우고 밥을 먹었다. 일종의 루틴이고 패턴이다. 매번 비슷한 시간에 모든 일들이 이루어진다고 했다. "강박증이 있나요?" 내가 묻자 남자는 어깨를 으쓱했다. "가끔의 파격이 즐거우려면 일상의 반복이 필요한 거 아닐까요?" 남자가 내게 물었다. 나도 어깨를 으쓱해 보였다. "알 수 없는 일이죠. 파격 때문에 파탄 나는 일도 많으니까."

나는 실패를 기록하는 일을 한다. 기대가 무참히 배반당하는 일에 대해, 파격을 꿈꾸면서도 일상으로 돌아가야 하는 이들에 대해 쓴다. 반복되는 삶이 곧 안정이라고 생각하지만, 반복이 지워내는 부분에 대해 고민할 때가 있다. 일상이 외면하는 사소한 사건들. 이를테면, 차에 치인 비둘기의 사체 같은 것. 장마가 채 닦아내지 못한 흔적 같은 것. 이틀째 비가 내렸다. 몸은 물에 젖은 종이처럼 녹아버렸으나 왼쪽 날개는 제 형태를 유지한 채 저만치 떨어져 있다. 몇 번이나 차바퀴에 밟혔는데도 단단하게 바닥을 움켜쥐고 있다. 마스크 안쪽까지 비릿한 냄새가 침입했다. 눅눅한 비 냄새. 무너지는 것들의 냄새. 아무도 관심을 두지 않았다. 아니, 흘낏 시선을 두었다 이내 고개를 돌렸다. 발걸음을 멀리 했다. 나는 눈을 질끈 감았다. 외면한다. 숨을 멈추고 종종걸음 친다. 도망간다. 내뺀다. "얼마 되지 않은 일이군요?" 남자가 말했다. 나는 고개를 끄덕였다. 지난주의 일이라고, 아직도 그 자리에 날개가 있다고 말했다. 나는 것에 실패한 날개. 처리도 애도도 실패한 나는 그저 맥주잔에 맺힌 물방울을 닦기만 했다. "안정을 구할 수가 없어요. 나는 실패의 기록을 기록하는 것에 실패할 따름이에요."

"괜찮아요." 남자가 말했다. "나는 상대방의 말을 들을 때 상대를 향해 몸을 기울이는 편이에요. 군대에서 얻은 이명증 때문에 잘 들리지 않기 때문이지만, 그만큼 줄어드는 거리를 감각하는 게 좋아요." 눈을 크게 뜨고 가슴을 앞으로 내민다. 오른손은 턱을 받치고 검지를 귀 뒤쪽에 놓고 슬쩍 앞으로 민다. 그래야 앞사람의 말이 잘 들렸다. 이 태도는 종종 오해를 사기도 했다. 조금 더 좋아하는 사람이 몸을 앞으로 기울이는 법이라나? 호감을 보여놓고 연락하지 않는다는 말을 듣기도 했다. 때론 자신감이 넘쳐 보인다는 말도 들었다. "사실은 내가 놓칠 말이 이끄는 어색한 정적을 감당할 자신이 없어서라고 하면, 너무 말을 비트는 것처럼 보일까? 그러니 비밀로 남겨둘 만한 일은 비밀로 남겨두는 게 좋겠다고 생각하며 카페에 앉을 때가 있어요. 그곳에선 아무도 옆 테이블에 앉은 사람을 신경 쓰지 않아요." 손을 뻗으면 닿을 거리이다. 그러나 그들은 멀리 있다. 애꿎은 마스크만 당겨쓰곤 다른 테이블에 앉은 이들의 자세를 봤다. 기울어짐의 각도에 따라 그들의 관계를, 상황을 상상해 보곤 했다. 최근의 사태에도 불구하고, 마스크를 쓰지 않은 사람들. 그럼에도 혐오스럽지 않은 사람들. 기울어진 몸만큼이나 작은 소리에도 민감하게 반응하는 표정들이 반짝였다. 제법 그럴듯하게 앞 사람의 눈을 맞추는 사람들. 인중에 땀이 찼다. "전화를 걸어야겠다고 생각하곤 하죠. 하지만 누구에게 걸어야 하나요?"

나는 옆에 있던 72색 색연필을 남자에게 슬그머니 밀어줬다. "잔인한 구석이 있네요." 남자가 말했다. "원룸이라는 공간이 그래요. 잔인한 구석들로만 이루어져 있어요." 한눈에 모든 것을 간파 당하는 공간. 경매로 넘어간 빌라 반지하 투룸 삼 년과 사촌동생네 방 한 칸을 빌려 쓴 이 년을 포함하여 이십일 년째 원룸 생활을 하고 있다. 남들은 그 정도 자취를 하면 요리 실력도 늘고 한다는데 이십일 년의 독거남 라이프는 라면의 종류만큼이나 다양한 가능성을 물 끓이고 면 넣고 스프 넣고 휘휘 저어 먹는다,로 귀결시켰다. 방은 침대와 책상, 싱크대와 냉장고가 한 데 섞여 풀어놓은 냄새로 가득하다. 라면 국물에 뭘 넣든 한 가지 맛으로 결정되는 것처럼 방을 어떻게 꾸미든 별다를 바가 없었다. 그곳에서 규정된 삶은 그저 여섯 평 남짓의 방에서 열한 평 혹은 아홉 평 남짓의 방으로 옮겨 다니는 정도에 그쳤다. 이사를 간다고 해도 어차피 비슷한 정도의 방을 벗어나지 못한다는 점에서 나는 이십일 년 전이나 지금이나 똑같은 삶을 살고 있는 셈이다. 물리는 건 한 종류의 라면을 반복해서 먹을 때만 일어나진 않는다. 빈 방에 혼자 들어오는 것도 익숙해지는 만큼 물리는 일이었다. 벽에 야광별을 붙여놓는다거나 스티커 벽지로 알록달록하게 꾸며 카페 분위기를 연출한다거나 하는 짓도 스무 살 언저리일 때 실컷 했다. 여자친구에 따라 달라지는 방 분위기는 여자친구의 체취가 익숙해지면 방이 아니라 사람까지도 물리게 되는 문제를 일으키곤 했다. 버지니아 울프가 간절하게 원했던 것은 자기만의 방이었지만, 나는 그녀와 달리 내 삶이 나만의 방에서 소멸해가는 것만 같았다. 하고 싶지 않은 일을 매일 반복해야 하는 삶은 봄에 핀 꽃과 나무들이 지닌 색색의 영혼을 명암으로만 구분되는 낙담과 절망으로 내몰고 있었다.

"낙담과 절망이 원룸이라는 방의 문제만은 아니죠." 남자가 말을 얹었다. "코로나 블루처럼 한때, 서브프라임 모기지 블루가 나를 덮쳤던 적이 있었어요." IMF가 터지고 대학에 입학한 세대였으나, 그때의 그것은 후레시맨이 감당할 실감의 영역이 아니어서 매일 동기들과 때때로 선배들과 음주가무를 즐기는 데 아무런 지장이 없었다. 오히려 졸업 이후 생활인으로 학원 강사를 하면서 열심히 저축을 하던 시기, 주변에서 펀드로, 주식으로 돈을 좀 벌었다는 소문에 혹해 이자율이 6%대인 적금을 해지하고 옮긴 증권계좌가 말썽이었다. 빨간색과 파란색에 취해 있었다. "빨간약이라고 생각하고 삼켰는데 파란약이었던 거죠." 블루의 향연. 미끄러지고 미끄러지는 숫자들. 십삼만 원짜리 기숙방에 살면서 그 열 배에 해당하는 금액을 하루에 한 번씩 며칠을 두고 지웠다. 미수를 쓴 게 가장 큰 패착이었다는 건 깡통계좌라 일컫는 말을 검색하면서 알게 된 사실이었다. 연봉이 한 달도 안 돼 사라지자 남자는 베개에 얼굴을 묻고 울었다. 소금기가 쫙 빠진 얼굴로 강의를 할 때마다 학생들은 "선생님, 다이어트 성공하셨네요." 라고 말했다. "응, 성공했지. 아주 쫙쫙 빠져서 가뿐하게 날아갈 것 같아. 창문 열면 바람에 휩쓸려 곤두박질칠지 모르니까 우리 모두 조심하자."

　유폐의 나날이었다고 하는 게 맞을 것도 같다. 그나마 위안이 되었던 것이 있다면 편의점 캔 맥주. 아직 네 캔에 만 원하던 시기는 아니어서 낱개로 구입해야 했다. "새벽 두 시쯤 퉁퉁 부은 눈으로 편의점에 가서 집어온 하이네켄이 그렇게 맛있는 술인지 처음 알았어요. 아니, 말은 정확하게 해야겠죠? 이전에도, 그 이후로도 경험하지 못한 둘도 없는 위로의 한 캔. 돈이 다 무슨 소용이냐, 이 녀석 하나만 있으면 됐다지만, 캔 맥주 하나 살 돈은 있어야겠구나 싶었죠." 다행히 난 여전히 일을 하고 있고 계속 일을 할 것이고 때 되면 따박따박 통장에 돈이 꽂힐 거니까 뭐 괜찮다. 이 정도 사서 마실 수 있으면 됐지. 눈물 젖은 맥주를 마셔보지 않은 자, 삶의 슬픔을 논

하지 말라. 유치하게도 혼자 그렇게 주절거리기도 했어요.

곧 이어 닥친 신종플루의 시대. 아무런 탈 없이 푸코와 희희낙락할 수 있었던 건 안정을 되찾은 남자가 무려 월세 삼십오만 원짜리 방에서 하이네켄을 냉장고에 쟁여두었기 때문일 수도 있었다. 숫자로 기록되는 세계에서 거침없이 추락하던 남자는 그것이 그저 숫자의 기만이라고 생각할 수 있게 되었다. 어차피 통장의 돈이란 숫자일 뿐이니까.

740,835명의 신종플루 감염자와 263명의 사망자가 알려주는 것은 아무것도 없었다. 언론이 만든 '실체 없는 공포', '감기보다 약했다'는 식의 말들만 저 숫자를 설명해줄 뿐이었다. 그러니 아무도 마스크를 착용하지 않았고 뉴스를 눈여겨보지 않았다. 공포를 조장하는 말과 그것을 은폐하려는 시도가 맞물리는 상황을 물리게 지켜보기만 했다. '악화가 양화를 구축한다.'는 말이 이 경우에도 해당될 수 있다고 남자는 생각했다. 언론이 만든 분위기에 휩쓸려 스스로를 돌보지 못하게 되는 상황이라고도 생각했다. 그랬다, 그땐. 추락하는 경제와 우왕좌왕하는 전염병 대처. 그리고 아무런 반응을 하지 않았던 남자. 자발적 격리라고 좋게 이야기할 수 있으나 사실은 고립되었던 것인지도 모를 일이다. "밟히고 또 밟히면서 말이

죠." 그 시절 남자에게 신종플루는 눈 밖의 일이었으니까. 경험의 층위에서 실감할 수 없는 뭐, 그런 것이었다. 재구축되는 통장의 숫자를 보며 전셋집을 구했고 계약을 연장하자마자 집이 경매에 넘어갔다는 또 다른 충격과 공포. 낙담과 절망의 시간이 반복되었고 법원을 들락날락하며 그나마 보증금의 절반이라도 회수할 수 있었다는 데에 남자는 위안을 삼았다. "이번에도 편의점 맥주는 큰 힘이 되어주었죠. 그런데 전과는 다르더라고요. 어떤 면에서 지금의 숫자도 마찬가지가 아닐까 생각해요."

　그러니까, 지금의 남자는 없는 정원을 다시 만들고 있는 것인지도 모른다는 말이다. 잔디밭은 노랗게, 나무는 초록으로, 하늘은 하늘색, 꽃은 연분홍, 치마가 봄바람에 휘날리더라. 아, 쓸데없는 소리. 어쩌겠는가. 동네에 거짓 진술을 한 학원 강사 확진자가 살고 있고 그의 동선을 확인하기는 어렵기만 하고. 그 와중에 어쩌면 같은 마을버스를 타고 있었을 수도 있으니 단 며칠이라도 칩거해야지. 사회적 거리두기, 자가격리, 2미터 거리두기, 아프면 퇴근하기, 마주보지 않고 식사하기, 퇴근 후 약속잡지 않고 바로 귀가하기, 밀폐된 실내시설 방문하지 않기, 친구와 모임하지 않기, 손잡지 않기, 의심 증상 있으면 집에 머물고, 어르신과 만성질환자와 접촉하지 않기, 손 씻기, 기침예절 준수하기, 씻지 않은 손으로 얼굴 만지지 않기 등등등을 하면서. 그것만이 자신을 훼손시키지 않을 것처럼. 규칙이란 주어진 것이라서 강제가 따를 수밖에 없다. 숫자의 기만. 실체하지 않는 공포. 아니, 실체하지만 실감하지 못하는. 불안은 영혼을 잠식한다는데 잠식될 영혼 같은 건 어느 호주머니에 감춰져 있는 것일까. 사실은 관심도 없으면서 몸을 앞으로 기울이며 새로고침을 눌러보고 눌러보고 눌러보고. 13,771명의 확진환자와 12,572명의 격리해제자, 296명의 사망자와 21,302명의 검사진행자가 내일은 또 어떻게 달라질지 우리는 알 수가 없고. 마스크를 쓰고 편의점에 가서 알바생이 마스크를 급히 꺼내 귀에 거는 걸 무렴히 지켜보다 캔 맥주 네 캔을 번들로 들고 오고. 바닥에 붙은 날개를 수습하려다 슬며시 고개를 돌리고.

남자는 블루스를 들어본 적이 있다. 음악을 거의 듣지 않는 남자는 블루스가 끈적끈적하고 퇴폐적인 노래라고 생각했다. 어쩐지 카바레의 그것 같다는 기분이 들었다. R&B의 블루스는, 미국의 타령일 수도 있겠다는 생각을 하기도 했고. 그러다 블루스 음악으로 글을 쓰게 되었다. 어느 노가수의 공연을 보고 시로 쓰는 일이었고, 때문에 블루스에 대한 기원을 알아보다가 두 가지 사실에 관심이 갔다. 하나는 '인디고페라 틴토리아(Indigofera Tinctoria)', 다른 하나는 17세기 영국의 표현 중 '강렬한 시각적 환각을 동반한 심한 알코올 금단 증상'이란 의미의 '블루 데빌스(Blue Devils)'. '블루스'는 블루 데빌스가 줄어든 말이었고 이는 다시 불안, 우울의 의미로 바뀌었다는 거였다. 인디고페라 틴토리아는 흔히 인디고페라, 인디고라고 불리는 천연 염료의 재료로 청바지를 만드는 데 쓰이는 식물이고. 리바이 스트라우스의 손을 거쳐 만들어진 리바이스 진의 염료. 남자는 허리 부분이 접힌 리바이스 진을 내려본다. "확찐자라는 말 들어봤나요? 코로나 바이러스 유행으로 인해 어쩔 수 없이 해야 되는 재택근무 때문에 살이 찌는 경우라고 해요. 힘든 일이 있을수록 이를 웃음으로 극복하려는 우스갯소리일 뿐이겠지만, 누군가는 상처받을 만한 말들이 만들어지는 건 아픈 일이 아닐 수 없어요. 참 별로인 말이고 그런 말이 야기하는 우울의 시간을 우리가 살고 있네요. 그러고 보니 살이 조금 찐 것 같아서 더더욱 울적해지는군요." 괜히 맥주잔을 아령처럼 올렸다 내렸다 해본다. 아무런 소용이 없을 텐데, 나는 좀 웃는다. 한편으로 알코올 금단 증상과 동일한 층위의 불안과 우울이라니. 코로나 블루의 블루는 여기에 해당하는 것이겠다는 생각이 들었다. 그러니, 알코올을 끊지 않으면 안 된다는 걸까. 조건반사적인 생각이다. 남자의 잔에 내 잔을 부딪친다. "그러고 보면 블루스는 청바지를 입는 광산 노동자의 우울이 확산되어 나타난 것일까요?" "그럴 리가요. 파란색은 하락장을 의미하죠." 남자가 웃는다.

"어떤 방식으로든 삶은 지속되는 것이겠죠." 남자는 바닥에 납작하게 남아 있는 맥주의 흔적을 거푸 흔들며 말했다. 실패의 기록으로 점철된 일상이더라도 그것이 반복되어 변주되는 한 삶을 무너뜨리진 못할 것이다. 우리는 그렇게 산다. 우울과 낙담과 절망 속에서 다시 시작할 수 있다는 가능성을 마음 한켠에 새겨 넣으면서. 이건 모두 방에서 일어난 일. 격리되지도 개방되지도 않은 방. 집이라고 할 수 없는 방. 하나의 룸으로 삶의 전부가 완결되는, 원칙과 결점이, 난장과 침묵이, 느슨한 긴장과 간단한 소외가 뒤엉켜 희석되는 방에서 일어나는 일. 코로나 이전의 삶으로 돌아갈 수 없다는 서글픈 읊조림과 아직은 안 된다는 자조가 주변에 넘쳐흘러도, 삶은 스스로를 지켜낼 것이다. "그러니까 다시 시작해도 괜찮다는 거지."

푸코가 맥주잔에 얼굴을 들이민다. 몸을 우겨넣지만 뜻대로 되진 않는다. 왜곡된 모양을 신경 쓰지 않을 만큼 여유롭다. 살며시 뒷걸음질 친다. 혀를 날름거리며 털에 묻은 것들을 골라낸다. 고양이가 열세 살이면 사람 나이로는 몇이나 될까. "어르신을 모시는 기분이 드네요." 남자는 나를 향해 고개를 흔든다. 물티슈를 꺼내 거울을 닦는다. 나는 지워지지 않는다. 그렇게 우리는 오늘을 살아가고 있다.

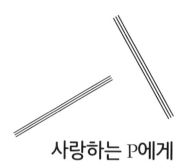

사랑하는 P에게

최지인

최지인

1990년 경기도 광명 출생.
2013년 〈세계의 문학〉 신인상 수상.
제10회 조영관 문학창작기금을 수혜.
창작동인 '뿔'로 활동 중이다.
시집으로 『나는 벽에 붙어 잤다』와 동인 시집 『한
줄도 너를 잊지 못했다』가 있다.

여름의 끝이야, 벌써. 우리 둘은 회사를 그만두고 거의 매일 집에서 시간을 보내고 있네. 작년 12월 신년 다이어리 첫 장에 올해 목표를 아홉 개나 적어놓았는데…… 이렇게 될 줄 알았겠어? 올 초만 해도 팬데믹이 곧 끝나리라는 희망이 있었지만 이젠 솔직히 잘 모르겠다. 재난의 끝이 오긴 할까? 뉴스에서 시베리아가 불타고 있는 걸 보고 "우리가 마지막일 것 같다." 하고 네가 말했지. 머릿속에서 그 말이 떠나질 않아. 우리가 마지막이면 어쩌지?

아쉽겠지. 그런데 뭐가 아쉬울까? 하고 싶은 게 남은 걸까? 가끔 내가 뭘 하고 싶었는지 헷갈릴 때가 있어. 내가 진짜 바라던 게 뭘까? 대학 입학 면접 때 면접관이 글을 쓰는 이유가 뭐냐고 물었는데 나는 세상을 바꾸고 싶다고 말했었어. 그때의 나는 어떤 세상을 바랐던 걸까?

몇 달 동안은 잠만 잔 것 같아. 하루의 반 이상을 자고 또 잤어. 해야 할 일들이 많았는데 아무것도 할 수 없더라. 작년에 우리 같은 회사에 다닐 때 아침 7시에 일어나 삼십 분 더 자고 빈속으로 차를 몰고 출근하곤 했잖아. 그땐 참 부지런했지? 네가 몇 달째 바람 쐬러 가자고 노랠 불렀는데 이렇게 잠만 잘 줄 알았다면 다녀올 걸 그랬다.

작년 여름엔 우리 파리에 갔었지. 그토록 바랐던 루브르 박물관은 생각보다 별로였어. 사람이 너무 많아서 지치더라. 너무 넓기도 했고. 가장 기억에 남는 건 바닥에 앉아 지나가는 사람들을 구경했던 거야. 그립지 않니? 사람들이. 마스크를 쓰지 않고 어디든 갈 수 있었던 때가 말이야.

눈을 떠서 가장 먼저 확인하는 건 신규 확진자 수야. 전 세계 누적 확진자가 2천만 명을 넘었대. 하루에 4~5천 명이 죽고 있어, 전염병으로 말이야. 매일 몇 통씩 '안전 안내 문자'가 오는 일상이 이젠 낯설지 않아. 아마 무뎌진 거겠지.

며칠째 폭우가 계속되고 있어. 고양이들은 어디서 비를 피하고 있을까? 비가 잠깐 멈추면 어김없이 매미 소리가 들려. 매미들은 아침에도 저녁에도 쉬지 않고 울지. 가만히 누워 매미 소리를 듣고 있으면 생각나는 사람이 있어.

밀양에서 만난 '서른 살 형'인데 연극배우이고 운전 솜씨가

기가 막혔지. 이젠 얼굴도 가물가물하네. 그래도 좁은 길을 후진으로 빠르게 빠져나가던 모습만은 생생해. 열아홉 살 여름방학 동안 그 형이 있던 극단에서 두 달 동안 잡일을 하며 시간을 보냈어. 삼단으로 쌓아 올린 스캐폴딩 위에 올라가 조명을 달 땐 얼마나 무서웠는지 알아? 외젠 이오네스코가 쓴 「수업」을 무대에 올릴 땐 음향 오퍼가 없어서 난생처음 오퍼를 봤던 적도 있어. 버튼 몇 개를 시간에 맞춰 누르면 되는 건데도 너무 긴장해서 실수할 뻔했잖아.

어느 날은 야외샤워장을 만들어야 했어. 일본 극단이 머물기로 한 숙소에 샤워실이 마땅치 않았거든. 나무 각재를 가져다 길이를 맞춰 자르고, 못으로 고정해서 어설프게 모양을 잡았어. 모양을 잡은 것에 비닐을 씌워 문까지 달았는데 나름 그럴듯하더라.

어둑어둑해질 때 서른 살 형이 차를 몰고 데리러 온 거야. 숙소까지는 10분 정도 걸렸던 것 같아. 차 안에서 형이 몇 살이냐고 물어봤는데 한 살 속여서 스무 살이라고 했어. (열아홉과 스물은 느낌이 다르지 않아? 어릴 땐 빨리 어른이 되고 싶었어.) 자긴 몇 살처럼 보이냐고 물어서 스물대여섯처럼 보인다고 말했는데 정말 좋아하더라. 그러더니 자기가 스무 살때 서른은 어른의 나이처럼 느껴졌다며 이런 얘길 하더라.

"서른이면 성공한 배우가 되어 있을 줄 알았어. 사랑하는 사람과 가정도 꾸리고 차도 한 대, 집도 한 채 있을 줄 알았는데 난 지금 무명배우고 가정은커녕 애인도 없고 차도 집도 없어. 너도 금방이야. 놀지 말고 열심히 해서 꼭 성공해."

다음 날 서른 살 형은 야외무대에 섰어. 연극 「오구」에서 '저승사자 2'를 맡아 연기했거든. 우스꽝스러운 남근이 달린 바지를 입고 춤추고 노래했지. 나는 무대 뒤에서 형을 지켜보았어. 그 형은 땀을 뻘뻘 흘리며 마음을 다했고 객석에서 박수가 터져 나왔지.

서른이 다가올수록 형이 생각나더라. 형은 뭘 하고 있을까? 계속 연기를 하고 있을까? 그토록 바랐던 집과 차는 마련했을까? 형의 말은 내가 지쳐서 쓰러질 때마다 나를 일으켜 세웠던 것 같아. 사실 '서른 살 형처럼은 되지 말아야지.' 하고 생각했어. 나는 무명이 아니라 유명의 삶을 살고 싶었고 살길 바랐고, 성공이 뭔지도 모른 채 성공하고 싶었지. 글을 잘 쓰고 싶었고 많은 책을 펴내어 하루빨리 인정받는 작가가 되고 싶었어. 이것이 성공이 아니라는 걸 이젠 알아. 글을 잘 쓰는 것보다 좋은 글을 쓰는 게 중요하다는 것과 인정받는 작가가 되는 것보다 좋은 사람이 되는 게 중요하다는 걸 이젠 알아.

누군가 "글은 잘 되고 있어?" 하고 물으면 나는 대답을 피하곤 해. 글 쓸 자신이 없다는 걸 숨기고 싶거든. 좋은 글을 쓰는 것, 좋은 사람이 되는 것, 그것은 내게 벅찬 일인 것 같아.

아빠가 서른일 때 나는 네 살이었어. 아빠는 열심히 일했던 것 같아. 방방곡곡 다니며 돈을 벌었으니까. 아빠에게 성공은 뭐였을까? 부자가 되는 거였을까? 부자가 되면 행복해질 거라고 믿었던 걸까?

내가 글을 쓰겠다고 했을 때 여느 부모들처럼 우리 부모님도 반대했어. 가난하게 살 거라는 이유로 말이야. 난 증명하고 싶었어. 굶어 죽지 않고 가난하지도 않은, 글 쓰는 삶을 말이야. 차도 사고 집도 얻고 결혼도 해서 내 선택이 틀리지 않았다는 걸 부모에게 보여주고 싶었지. 그런데 어떤 삶이든 누군가에게 보여주기 위한 거라면 그 삶은 불행한 거 아냐? 되돌아보면 나는 이따금 불행으로 나를 던져버린 것 같아.

어느 날 아빠가 말했어. 악기 하나쯤은 다룰 줄 알아야 한다고. 아빠도 대학 때 드럼을 쳤었다고, 대학가요제에도 나갔었다고. 나는 크면서 아빠의 말이 거짓말이라는 걸 알았지. 아빠는 악기 같은 걸 배울 수 있는, 먹고살 만한 가정에서 자라지 않았거든. 나는 종종 무대에서 드럼 치는 아빠 모습을 상상하곤 했어. 드럼 스틱을 마구 두드리는 아빠, 조명 아래

땀 흘리고 있는 아빠. 아빠도 어릴 때 꿈이 있었을 텐데. 그 꿈은 뭐였을까?

내겐 고향이 있는 것도 아니고 없는 것도 아냐. 태어나서 자란 곳을 고향이라고 한다면 광명에서 태어나 해운대, 익산, 안양, 전주 등을 거쳐 와우리, 흑석동, 답십리 등을 전전했고 얼마 전까지는 파주에 살았어. 고향이 그리움의 장소라면 내 고향은 외할머니 식당인 것 같아. 어릴 적 나는 외할머니댁에 맡겨졌는데, 외할머니는 식당을 운영하면서 식당에 딸린 서너 평짜리 방에서 나를 돌보셨어. 외할머니는 뚱뚱하셨지. 단골손님과 맥주 한잔하며 수다 떠는 걸 좋아하셨거든. 그러다 나도 맥주를 한 모금 마셔보기도 했어. 어린아이가 술 마시는 걸 보고 손님들은 깔깔 웃으며 "크게 될 나무는 떡잎부터 알아본다." 하며 손뼉을 치곤 했지. 내 고향과 같은 그곳은 외할머니가 세상을 떠난 뒤 사라졌어.

몇 달 전 할머니가 고관절 대체 수술을 받았을 때 같이 병문안 가줘서 고마웠어. 전염병 때문에 병문안하는 것도 힘들더라. 여든여덟 해를 사셨다니 정말 대단하시지? 지금은 재활병원에 계시는데 이젠 조금씩 걷고 계신대.

아무것도 하지 않으려는 나 때문에 아주 답답하지? 거의 반년을 허비해버린 것 같아. 끝이 보이지 않는 바닥을 향해

가라앉고 있는 기분이야. 바이러스를 핑계로 눈앞에 닥친 현실을 회피하고 있는 게 아닐까? 모든 게 망해버린 것 마냥 소중한 것마저 보잘것없이 느껴져. 팬데믹을 삶의 일부로 받아들이는 게 가능할까? 예기치 않은 일들은 우리가 완전하고 견고한 세계에 살고 있다는 환상에서 벗어나게 하는 것 같아.

몇 년 전 모 대학에서 '앞으로 잘할 것'이라는 제목으로 특강을 한 적이 있어. 끝나고 집으로 돌아가는 버스 안에서 나는 조금 후회했어. 주제넘은 짓이 아닐까 생각했거든. 글쓰기에 대해 말할수록 그것은 내게 멀어지는 것 같아. 강연은 미리 나눠준 포스트잇에 학생들이 질문을 적으면 내가 답변하는 형식으로 이뤄졌어. 학생들의 질문은 두세 가지 정도로 정리할 수 있었지.

첫 번째는 글 쓰는 방법이었어. 이 질문에 어떻게 대답해야 할지 난감하더라. 내가 그 방법을 안다면 마감일을 잘 지켰을 텐데 매번 글을 쓸 때마다 막막해져.

두 번째는 글을 쓰게 된 계기를 많이 묻곤 했는데, 사실 특별한 계기는 없었던 것 같아. 어쩌다 쓰고 싶다는 생각이 들었고, 그 생각이 지금의 나를 만든 게 아닐까 싶어.

특강을 하고 며칠 뒤 한 학생에게 메일 한 통이 와 있었어. 간략한 자기소개와 강연을 들은 소회에 대해 적혀 있었지. 그는 글 쓰는 자세에 대해 고민하고 있었어. 좋은 글을 쓰기 위해서는 좋은 마음가짐이 필요하다고 믿고 있었지. 그리고 그는 덧붙였지. 너무 기대하며 살지 않겠다고 말이야. 나는 언제부터 내게 기대하지 않았을까? 기대하지 않는 삶은 얼마나 멀리 있는 삶일까? 나는 나로부터 멀리 온 것 같아.

내일 아침엔 조금 일찍 일어났으면 좋겠다. 바이러스가 다시 유행할 조짐을 보여. 그렇다고 아직 끝이 온 건 아니니까 해야 할 일을 더는 미루지 않을 거야. 가장 먼저 밀린 설거지를 해치울 거고 늘어놓은 옷가지를 개서 정리할 거야. 모든 게 끝이 나면 까짓것 어디든 다녀오자. 아무 일도 없었던 것처럼 괜찮아질 거야.

2020년 여름
C 올림

추신

기다리는 사람

회사 생활이 힘들다고 우는 너에게 그만두라는 말은 하지 못하고 이젠 어떻게 살아야 하나 고민했다 까무룩 잠이 들었는데 우리에게 의지가 없다는 게 계속 일할 의지 계속 살아갈 의지가 없다는 게 슬펐다 그럴 때마다 서로의 등을 쓰다듬으며 먹고살 궁리 같은 건 흘려보냈다

어떤 사랑은 마른 수건으로 머리카락의 물기를 털어내는 늦은 밤이고 아픈 등을 주무르면 거기 말고 하며 뒤척이는 늦은 밤이다 미룰 수 있을 때까지 미룬 것은 고작 설거지 따위였다 그사이 곰팡이가 슬었고 주말 동안 개수대에 쌓인 컵과 그릇 등을 씻어 정리했다

멀쩡해 보여도 이 집에는 곰팡이가 떠다녔다 넓은 집에 살면 베란다에 화분도 여러 개 놓고 고양이도 강아지

도 키우고 싶다고 그러려면 얼마의 돈이 필요하고 몇 년은 성실히 일해야 하는데 씀씀이를 줄이고 저축도 해야 하는데 우리가 바란 건 이런 게 아니었는데

키스를 하다가도 우리는 이런 생각에 빠졌다 그만할까 새벽이면 윗집에서 세탁기 소리가 났다 온종일 일하니까 빨래할 시간도 없었을 거야 출근할 때 양말이 없으면 곤란하잖아 원통이 빠르게 회전하고 물 흐르고 심장이 조용히 뛰었다

암벽을 오르던 사람도 중간에 맥이 풀어지면 잠깐 쉬기도 한대 붙어만 있으면 괜찮아 우리에겐 구멍이 하나쯤 있고 그 구멍 속으로 한 계단 한 계단 내려가다 보면 빛도 가느다란 선처럼 보일 테고 마침내 아무것도 없이 어두워질 거라고

우리는 가만히 누워 손과 발이 따뜻해지길 기다렸다

장례

임성순

임성순

1976년 전북 익산 출생.
2010년 『컨설턴트』로 제6회 세계문학상 수상.
작품으로 『문근영은 위험해』, 『극해』, 『자기 개발
의 정석』, 『우로보로스』 등이 있다.

늦은 밤 전화가 왔습니다. 울리는 휴대전화를 보며 직감했습니다. 좋은 일일 리 없구나.

제가 대단한 통찰력이 있는 것은 아닙니다. 혼자 살기 시작한 이후 그 시간에 전화가 온 건 5년만이었고, 5년 전 이 시간의 전화는 부고였습니다.

"외할아버지가 위독하셔."

수화기 너머로 착 가라앉은 형의 목소리가 들렸습니다. 아흔아홉의 외할아버지는 작년까지 너무 정정하셔서 다들 백세를 무난히 넘기실 거라 말하곤 했습니다. 물론 20년 전부터 '이제 얼마 남지 않았다.', '곧 가야지.'를 입에 달고 사셨던 분이었습니다. 너무나 건강하셨기에 그 '곧'은 영영 오지 않을 것만 같았지요. 작년, 유난히 기력이 없는 외할아버지 모습이 걱정되긴 했지만 이내 예전 모습을 되찾으리라 생각했습니다. 외할아버지는 그때도 '이제 간다.' '이번이 마지막'이라 말씀하셨고 저는 그래도 백 세는 채우시라고 농담처럼 말했습니다. 그렇기에 '위독'이라는 단어는 더더욱 실감이 되질 않았습니다.

'너 시간 되냐?'

'응'

'새벽에 갈 테니까 이따 보자.'

'응'

TV에서는 자정 뉴스가 나오고 있었습니다. 영국이 코로나로 셧다운 됐다는 소식이었습니다. 인적이 없는 런던의 모습은 어쩐지 세계의 종말을 그린 영화의 한 장면 같았습니다.

외갓집에 도착했을 때 외할아버지는 누워 있었습니다. 이전까지 한 번도 누워서 우리 형제를 맞이한 적이 없었기에 그건 정말 낯선 광경이었습니다. 누워 계신 외할아버지의 인상은 한없이 작고 조그맣게 보였습니다. 안색은 창백했으며, 생기랄 것이 없었습니다. 충격적이다 못해 조금은 비현실적으로 느껴질 정도였죠. 외할아버지의 몸이 너무 작아보였기에 육체가 안으로 붕괴하고 있다는 인상을 받았으니까요.

외갓집에 들어가면 정해진 절차 같은 것이 있습니다. 먼저 외할아버지가 이렇게 말하는 겁니다.

"어. 왔냐?"

그러면 마치 대구對句를 맞춘 것처럼 외할머니는 이렇게 말씀하십니다.

"우리 새끼들 어떻게 왔대?"

제가 기억하는 한 이 인사가 바뀐 적은 없습니다.

이번에도 같았습니다. 다른 건 목소리였죠. 가래가 끓는 갈라지는 목소리로 '어, 왔냐?'라는 외할아버지의 물음에 형은 차마 대답하지 못했습니다. 그저 '음.' 하고 입가를 손으로 쓸어내릴 뿐이었죠. 그래서 대신 대답했습니다.

"네."

"어떻게 왔대?"

"형 차 타고 함께 내려왔습니다."

"밥은?"

"오는 길에 휴게소에서 먹었습니다."

"어떻게 또 먹고 왔어. 과일 깎아줄까?"

"괜찮습니다."

"떡 있는데 떡 먹을래?"

"앉아 계세요. 이따 제가 가져다 먹을게요."

마흔이 넘은 손자에게도 외할머니의 질문은 늘 같습니다. 이제 자리에서 일어나는 거동도 힘든 양반이 외손자를 마치 며칠 굶다 온 사람 대하듯 걱정하는 사이, 감정을 추스른 형이 말했습니다.

"절 받으세요."

"일으켜다오."

"아니. 누워서 받으세요."

"누워 있기 답답해 그래. 앉아야겠다."

이제는 칠순이 넘으신 큰외삼촌이 누워 있는 외할아버지를 힘겹게 일으킵니다. 앉아 있는 외할아버지 모습은 작은 아이처럼 너무나 왜소합니다. 외할아버지는 가래를 뱉고 빨대로 컵에 담긴 물을 마신 후 힘겹게 이야기를 꺼내십니다.

자신이 아흔아홉 해를 살았지만 돌이켜보면 자신이 가장 잘한 일이 자식을 낳은 것 같다고. 이제 자신은 끝나지만 이렇게 손주가 보러오지 않냐. 살아보니 결혼해서 자식을 낳은 것이 돌이켜보면 가장 잘 한 일 같다.

네. 저를 두고 하는 이야기입니다. 장가를 못간 죄로 이제 마지막일지 모르는 순간에도 폐를 끼치는 것 같아 송구스러울 뿐이었습니다. 안 한 게 아니라 못한 거란 말이 목구멍까지 올라왔지만 어쨌든 꿀꺽 삼키고 고개를 끄덕입니다.

"인간은 혼자 사는 것 같지만, 혼자 산다는 건 아무런 의미가 없다. 이제 죽을 때가 돼보니 알겠더라. 사람이 나로 끝나는 게 아니라 너희들이 있고 다른 손주들이 있으니 계속 되는 게 아니겠냐."

이런 식의 이야기를 외할아버지는 형형한 눈빛으로 말씀하십니다.

"어떻게든 장가 가보도록 노력하겠습니다."

달리 어떻게 답할 수 있겠습니까. 임종을 앞둔 양반이 몇 번이나 목을 축이며 이렇게 말씀하시는데.

제 답변에 만족한 외할아버지는 다시 눕혀달라 하십니다. 눕는 과정은 일어나는 것보다 몇 배는 더 어렵습니다. 한쪽 다리가 없으신 탓이죠. 철도청에서 일하던 시절 쓰러진 기관차를 세우는 과정에서 한쪽 다리를 잃어버린 외할아버지는 평소엔 의족을 차고 다니셨습니다. 나무틀에 고무를 덧대 만들었던 그 오래된 의수는 걸을 때마다 찌걱찌걱 소리를 냈죠.

막내이모가 오고 나서야 사정을 듣습니다. 연초 대상포진을 앓은 후 쭉 기력이 없으셨는데, 며칠 전 장염에 걸리신 외할아버지는 이후 음식을 넘기지 못했고 병원에 가는 걸 거부하셨다고 합니다. 이제는 살만큼 살았다며 곡기를 끊으셨고, 그렇게 임종을 준비하시는 중이었습니다.

막내이모는 외할아버지의 기저귀를 갈아드리고 수건을 빨아 씻겨드립니다. 그 사이 형은 외할머니를 모시고 쪽방에 들어가 포옹한 채 오열합니다. 대학을 외갓집에서 다녔던 형에게 두 분은 워낙 각별했으니까요. 저는 마당에 있는 수돗가를 바라봤습니다. 이 집만큼이나 오래된 찌그러진 양은 세숫대야 하나가 수돗가에 놓여 있었습니다.

여름이면 늘 외갓집에 왔습니다. 방학인 두 사내아이와 하루종일 집에 있어야 하는 엄마에게 우리들의 외갓집 행은 나름 자신의 방학이었던 셈이죠. 외갓집에 가면 외사촌들이 기다리고 있었고, 셋방에서 주인 눈치를 보고 살던 우리에게 모처럼 뛰어 놀 장소도 있었습니다. 70년대 이른바 '집장사'가 지은 전형적인 2층 양옥인 외갓집에서 우리는 말 그대로 하루종일 뛰어다녔습니다. 아이가 사는 집이 아니기에 별다른 놀거리는 없었지만 상상력만 있다면 뭘하든 즐거운 나이였기에 상관없었습니다.

2층 막내삼촌의 군용침대는 어떤 때는 폭풍을 항해하는 뗏목이었고, 어떤 때는 용암이 흐르는 계곡의 마지막 남은 바위였으며, 침대 밑은 괴물이 돌아다니는 위험한 세상의 마지막 안전지대였습니다. 그게 지겨워지면 2층 발코니로 나가 깃봉을 타고 장독대까지 뛰어내리는 것으로 용기를 시험하곤 했습니다. 골목에 나가면 더 많은 놀잇감이 있었습니다. 맨몸으로는 술래잡기를, 돌 몇 개를 주워서 비석치기를, 흙바닥에 선을 그어 땅따먹기를 할 수 있었습니다. 긴 여름해가 천천히 저무는 동안 골목에선 다방구를 하며 우리 동네에선 이게 맞다고 규칙을 놓고 싸우거나, 금에 닿았네, 닿지 않았네를 놓고 싸우는 외사촌들의 목소리를 들을 수 있었습니다.

그렇게 새까맣게 타도록 뛰어놀던 우리가 돌아오면 외할아버지는 수돗가 의자에 앉아 솔담배를 피우며 기다리고 계셨습니다. 매캐하고 쌉쌀한 솔담배 냄새가 마당을 가득 채우고 있었죠. 그러면 거실로 들어가 홀라당 벗고 수돗가로 나와 한 줄로 길게 서는 겁니다. 벌거벗은 일곱 명의 아이들을 외할아버지는 정원 나무들에게 물을 주는 것처럼 고무호스로 물을 쭉 뿌려준 후, 양은 대야에 든 비눗물 칠한 수건을 꺼내 씻기기 시작하십니다. 한 아이 비누칠이 끝나면 커다란 붉은 고무 대야에서 물을 한 바가지 퍼 쭉 부어주시고, 다시 또 한 바가지 퍼 비누 거품이 남은 곳이 없도록 꼼꼼히 씻기셨습니다. 그리고는 엉덩이 툭 쳐 끝났다 신호를 보내죠.그럼 우리는 거실로 달려갔습니다. 그곳에는 외숙모나 외할머니가 수건을 든 채 기다리고 있었습니다. 젖은 머리로 목에 수건을 감은 채 수돗가를 보면 비누로 능숙하게 외사촌 동생의 겨드랑이를 씻기고 계신 외할아버지를 볼 수 있었습니다.

여름이면 매일 일곱 명의 손주들을 그렇게 씻기셨던 겁니다. 그 불편하신 다리로 말이죠.

그렇게 하루를 마감하는 의식이 끝나면 외할아버지는 우리를 데리고 근처 서주우유배급소에 깐돌이를 사러 가셨습니다. 황혼이 지는 골목길을 따라 할아버지를 중심으로 우리들이 마치 작은 위성처럼 빙글빙글 뛰어다녔습니다. 그럼 늘 한마디 하시곤 했죠.

"땀 난다. 그만 뛰어."

가로등에 불이 들어오고 동네 개들이 짖고, 밥 짓는 냄새가 나는 골목을 그렇게 우리는 깐돌이 상자를 서로 들겠다고 싸우며 돌아왔습니다. 담 너머로 모기향 냄새가 나고, 이유없이 따라짖는 개들의 목소리가 골목길을 가득 채우곤 했습니다.

찌걱, 찌걱,

의족 소리를 내며 걷는 동안 우리를 보며 외할아버지는 무슨 생각을 하고 계셨을까요.

그랬던 양반이 이제는 입을 벌린 채 탁한 눈으로 우리를 보고 계셨습니다. 형이 무언가 말을 걸었지만 알아듣지 못했습니다. 아니. 오히려 이렇게 되물었습니다.

"그런데 어디서 오셨대?"

형은 말을 잇지 못했습니다. 그러자 셋째외삼촌이 옆에 앉아 스마트 폰으로 임방울 명창의 판소리 춘향가를 틀어주었습니다.

"그거 구성지네. 역시! 임방울이지."

알 수 있었습니다. 외할아버지의 의식은 우리가 태어나기도 전인, 우리는 알 수 없는 어떤 시절을 향해 천천히 되돌아가고 있다는 걸 말이죠.

외할아버지의 부고 전화가 걸려온 것은 열흘 뒤 막 자정을 넘긴 시간이었습니다.

"너희 형이 전화를 안 받아."

울먹이는 목소리로 막내이모가 말했습니다.

"내가 전화할 테니까 걱정하지 마."

"응. 그럼 내일 봐."

말하지 않았지만 알고 있었습니다. 나는 형 대신 형수님께 전화를 드리고 다시 형에게 연락이 오는 사이 검은 양복을 꺼냈습니다. 5년 만에 꺼낸 양복은 바지가 맞질 않았습니다.

장례식장을 향하는 길에 들른 휴게소 TV에선 뉴스가 나오고 있었습니다. 뉴욕 무슨 섬의 광경이었습니다. 바디백에 들어있는 시신들이 끊임없이 늘어서 있고 그 옆에서 중장비가 땅을 파고 있었습니다. 코로나로 온 세상이 셧다운 되고 있는 중이었죠.

장례식장에는 우리가 도착하기도 전에 화환이 먼저 와 있었습니다. 장례식장 전체에서 장례를 하는 가족은 우리뿐이었고, 사무실도 코로나 탓에 열지 않았습니다. 나는 주차장 옆 트레일러에서 상복으로 입을 검은 양복을 빌렸습니다. 옷을 갈아입고 올라오니 영정사진이 도착해 있었습니다. 25년 전 찍은 바로 그 사진이었습니다.

그해, 외할아버지는 자신이 얼마 남지 않으셨다며 묫자리를 보러 다니셨습니다. 몇 번인가 다른 손자들이 따라갔지만 이미 머리가 큰 저는 그런 일에 별로 관심이 없었죠. 다만 어느 날 오후 괜찮은 자리를 보고 왔다며 좋아하셨던 모습만은 어렴풋이 기억하고 있습니다. 그리고는 누울 자리를 찾았으니 입을 옷만 있으면 된다며 수의에 쓸 삼베를 떼러 스쿠터를 타고 포목점에 다녀오셨습니다. 뭘 저렇게까지 하나며 외할머니가 싫은 소리를 했지만, 깐깐한 성질머리 탓에 자신이 직접 하지 않으면 만족하지 못할 거라고 엄마가 외할아버지를 거드셨습니다. 그렇게 모든 준비를 끝마치자 외할아버지는 자신의 생일 날 5남3녀의 자녀들을 다 부르셨습니다.

우리는 갈비탕 집에 모여 식사를 한 후 가족사진을 찍었습니다. 제가 어릴 때는 일곱이었던 손주들도 이때는 이미 스무 명이 훌쩍 넘었고, 막내이모도 결혼을 했던지라 각자의 배우자까지 모이니 사진관이 북적북적했습니다. 사진사 아저씨가 커다란 중형 카메라를 자꾸 뒤로, 뒤로, 조정하며 물러나셨습니다.

"아이고 다복하시네."

셔터를 누르기 전 사진사 아저씨는 이렇게 한마디 하셨습니다. 펑, 펑, 두 번 플래시가 터지고, 카메라에서 필름을 교체하는 사이 가족들은 썰물처럼 사진관을 빠져나갔습니다. 그리고 외할아버지와 외할머니만 남아 영정 사진을 찍으셨습니다. 다소 굳은 표정으로 뚱한 표정으로 말이죠.

가족사진은 안방 벽에, 그리고 영정사진으로 쓸 사진들은 그 옆에 나란히 걸렸죠. 그게 벌써 25년 전 일이었습니다. 사진관에 나오시면서 외할아버지가 한숨처럼 내뱉었던 말을 기억납니다.

"이제 내 할 일은 다 했다."

하지만 다 한 게 아니었죠. 너무 오래 전이라 그때 뗀 삼베도, 그때 본 묏자리도 이제 쓸 수 없었습니다. 아니. 시대가 너무 바뀌어 버린 나머지 이제는 더는 매장을 하지 않게 되어 버린 것이죠. 그래도 그 사진만은 남아서 국화꽃들 사이에 놓여 있었습니다. 분향실에 도착한 외사촌 동생은 그런 외할아버지 사진을 보고 엉엉 울었습니다. 저는 허리를 추스려 빌려온 상복의 바지에 와이셔츠 끝단을 밀어 넣었습니다.

꽃집에서 계속 화환은 오는데 문상객들은 거의 오질 않았습니다. 2층 복도를 지나 계단 끝까지 화환이 늘어섰고, 나중에는 겹쳐 놓기 위해 화환을 돌려놓아야 했습니다. 가끔 오는 문상객들은 한 명이 여러 개의 조의금을 들고 왔고, 악수를 원하시는 분은 손 세정제를 서로 사용한 후 해야 했습니다.

문상을 마친 후에도 식사를 하고 가시는 분이 거의 없었습니다. 알코올로 된 세정제를 계속 사용한 탓에 손은 자꾸 말랐습니다.

마스크를 쓴 교회 사람들이 도착해 짧게 함께 기도를 드리고, 떨어져 앉아 찬송을 불렀습니다. 장례식장에서 나온 분은 염을 할 시간과 추도예배 시간, 그리고 화장장으로 떠나는 시간을 알려주셨습니다. 밖을 보았습니다. 날씨는 모처럼 너무 화창해 눈이 시릴 지경이었습니다.

막내이모와 복도의 의자에 앉아 임종 직전 외할아버지의 모습에 대해 이야기를 했습니다. 막내 이모는 외할아버지에게 아빠 딸로 태어나서 좋았다는 말을 할 수 있어서 다행이었다고 몇 번이나 되뇌셨습니다.

사실 외할아버진 좋은 아버지는 아니셨습니다. 적어도 막내이모가 태어나기 전까지는요. 외할아버지는 꽤 오래 가족들에게 무서운 가부장으로 군림하셨고, 그게 좀 심하셔서 언젠가 외삼촌은 우리 형제들이 혹시 양자는 아닐까 의심한 적도 있었다 합니다. 누구도 직접 말하지 않았지만, 나이를 먹으며 알 수 있었습니다. 외할아버지와 외삼촌들 사이의 서먹

한 관계와 묘한 긴장감을 말이죠. 그리고 외삼촌들이 술 취하면 토하듯 내뱉던 단어의 편린들에서, 새벽 세 시에 자는 애를 걷어차 깨운 뒤 닭 모이를 주라고 닭장에 보냈다는 일화 같은 것들을 파편처럼 엿들을 수 있었죠. 아무도 직접 말하지 않았지만 알 수 있었습니다. 어쩔 수 없는 관계이기에 어쩌지 못한 것들이 어찌 어찌 계속 남아 그림자를 드리우고 있다는 걸요. 훨씬 나중에 그런 관계에 대한 이야기를 외할아버지에게 직접 들은 적도 있었습니다.

몇 년 전 외할아버지께서 스쿠터를 타시다 교통사고가 났었습니다. 지역 병원에서 다리를 절단해야 한다는 진단을 받으시고 서울로 병원을 옮기셨죠. 그렇게 수술을 받았던 밤, 병원과 가깝다는 이유로 병실에서 저와 함께 보냈던 적이 있었습니다. 남은 다리의 허벅지 뼈가 크게 부서진 탓에 오래 수술을 받으셨고, 그렇게 중환자실에 있다 깨어나 병실로 옮긴 외할아버지는 진통제 약기운에 취해 옛날 이야기를 정말 많이 해주셨습니다.

한 다리를 잃었을 때, 제대로 된 진통제가 없어서 얼마나 아팠는가, 징용을 피해 들어갔던 철도학교와 징용을 피해 서둘러 했던 결혼, 그렇게까지 했지만 끝내 피하지 못해 결국

진해에서 남양군도로 가는 배를 기다려야 했던 이야기. 그리고 배를 타기 며칠 전 거짓말처럼 갑자기 광복을 맞은 이야기까지. 그렇게 오래전 이야기를 말씀하시다 갑자기 맥락도 없이 변명처럼 이런 말씀을 하셨죠.

"난 말이다. 어릴 때 나도 그렇게 자라서 애들한테 뭘 어떻게 해야 할지 몰랐어."

외할아버지의 아버지는 오직 큰아들만을 사랑하는 그런 분이었다고 합니다. 자신은 마치 집안 일꾼 대하듯 막자랐고, 크는 내내 아버지에게 부정이라는 걸 느껴본 적이 단 한 번도 없었다 합니다.

"생각해보면 막내가 태어나고 나서야 아버지가 되는 게 뭔지 얼핏 알았던 것 같아. 그전까지는 낳아놓고 할 일 다 했다 생각했는데."

외할아버지는 아버지가 되는 데 거의 20년이나 걸렸던 겁니다. 그래서 좋은 할아버지이긴 했지만 좋은 아버지는 되지 못했던 거죠.

"생각해보면 애들한테 참 미안해."

"지금이라도 말씀하시죠."

"갈 때도 머지않았는데. 뭐, 그냥 사는 거지."

달항아리 같이 하얀 유골함에 담겨 나오는 외할아버지를 보면서 문득 그때 그 목소리가 떠올랐습니다. 외삼촌들에게는 마지막으로 미안하다는 이야기를 하셨을까, 궁금했지만 제가 그걸 묻기에는 너무 주제넘은 일이었죠. 유골함에 계신 외할아버지는 아무 말이 없었습니다.

"너는 내가 그렇게 말했는데 그냥 먼저 가버리면 어떻게 해?"

장례를 마치고 돌아와 마지막 인사를 하는 동안 큰외삼촌은 큰외사촌에게 이렇게 싫은 말을 했습니다. 외할머니를 모시고 갈 때 식사로 드실 음식을 함께 챙기라 했는데 그냥 가버린 것을 놓고 화가 난 것이었죠. 그 모습에서 본인이 직접 하지 않으면 뭐든 못마땅하던 외할아버지의 모습을 봤습니다. 나도 모르게 피식 미소가 나왔죠. 그렇습니다. 이제 외할아버지를 직접 만날 수는 없었지만 다른 이들의 모습에서, 심지어 생면부지의 사람에게도, 혹은 거울 속의 내게서도 저는 그분의 모습을 보게 될 터였습니다. 외할아버지가 유언처럼 했던 장가 가라는 그 이야기가 다르게 와 닿았습니다. 우리는 크게 다르지 않고, 타인 속에서 같게, 혹은 다른 형태로 계속, 계속 이어지는 것이겠죠. 판데믹도, 죽음조차도 그건 어쩔 수 없을 겁니다.

그리고 여덟 살의 저는 여전히 기억 속에서 알몸으로 여름 햇살에 달궈진 시멘트 바닥 감촉을 발바닥으로 느끼며 수돗가에서 제 차례를 기다리고 있을 겁니다. 그 과거는 영원히 변치 않겠죠.

돌아가는 길, 유난히 차가 없는 고속도로에서 유튜브로 세계 반대편의 소식을 보았습니다. 다른 이유로 수많은 사람들이 죽어가고 냉동 트럭에 담겨져 화장을 기다리고 있다는 소식을요. 그리고 코로나를 부머 리무버라며 젊은이들이 파티를 한다는 외신도 있었죠.

돌아와 세탁기를 돌렸습니다. 지쳐 쓰러져 살포시 잠들었다가 세탁 종료 알람음에 깨어났습니다. 빨래를 건조대에 널며 저녁으로 무얼 먹어야 할까 생각했습니다. 셔츠를 널고, 팬티를 널고, 바지를 널고, 마지막으로 수건을 팡팡 쳐서 편친 후 건조대에 널었습니다. 그리고 잠시 자리에 주저앉아 지금 이 순간이 지나가길 기다렸습니다. 어떤 위로도 위로가 되지 않는 그런 순간 말이죠. 어디에선가는 코로나로 많은 이들이 죽어가고 있을 터였습니다. 죽음이 너무 일상적인 팬데믹 시대니까요. 천수를 누리셨고, 장례조차 치르지 못하고 냉동 트럭에 있는 이들을 생각하면 호상이었습니다. 다만…… 다만…… 그럼에도…….

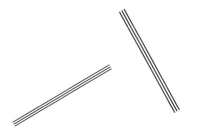

그것이 아직 병이라
불리기 전까지는

신동옥

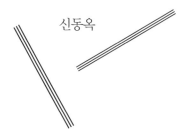

신동옥

1977년 전남 고흥 출생.
2001년 〈시와 반시〉로 등단.
작품으로 시집 『밤이 계속될 거야』 등이 있다.

맥박이 한 번 지나갈 때마다 살갗에 새겨지는 것이 기억이라면, 영속되는 현재만으로 충분히 미래는 당신의 것이다. 지나간 것들을 꿰맞추어서 부러 이야기를 지을 필요도 없다. 아무런 믿음 없이도 미래를 당신만의 천국으로 만들 수도 있기 때문이다. 어쩌면 그런 방식으로 미래를 자신만의 식민지로 만드는 것이 기억이라는 짐승의 힘일 거다. 당신에게만 허락된 시간이 있고, 당신에게만 허락된 공간이 있고, 거기 당신만의 삶이 있었다고 생각하겠지. 그렇다면, 금세 되살아와 현재형으로 살아 꿈틀댈 말들을 혀끝에 올려보라. 가능할까? 처음 돋은 이빨이 마지막 남을 사랑니가 될 때까지. 가능할까?

*

어떤 영화에서. 만날 따분한 소년이 살았다. 소년은 금붕어 한 마리 길렀다. 소년은 어느 날 어항에 대고 말했다. 금붕어는 좋겠구나. 알록달록한 돌멩이랑 물풀 사이로 언제까지고 헤엄을 칠 수 있을 테니. 밥을 조금만 먹어도 기다란 찰흙 모양 똥을 눌 수 있고. 똥을 눈 다음에 닦을 필요도 없고, 물을 마시려면 입을 벌리기만 하면 될 테니. 잠을 자려면 가만가만 지느러미를 흔들어서 한 자리에 멈춰 있으면 될 테고.

"그럼 우리 서로 바꿀까?"

금붕어가 눈을 동그랗게 뜨고 말했다.

"좋아."

소년이 된 금붕어가 말했다. 오늘은 수학 시험에서 백 점을 맞았어. 체육 시간에는 골을 넣었지 뭐야. 집으로 돌아오는 길에는 고백을 받았어. 그리고 내일은 말이야. 금붕어가 된 소년이 말했다. 오늘은 어항을 백 바퀴 돌았어. 오늘은 어항을 백이십 바퀴 돌았어. 오늘은 어항을…….

*

전염되는 독은 독이 아니다. 불운한 자들의 불행과 더불어 살며 기뻐하는 사람들이 있다. 흥에 겨워서 기쁨에 들떠

200

한데 춤을 추는 사람들 한가운데서 슬퍼하는 사람들이 있다. 고난에 처한 사람들의 몸짓을 춤이라 여기는 사람들이 있고, 그들의 웃음과 한숨에 장단을 맞추며 문장을 이어가는 사람도 있다.

전염되는 것은 비탄이거나 사랑이다. 두려움도 공포도 눈물도 냉소도 병은 아니어서, 우리는 같은 공기 속에서 숨 쉬기에 단번에 알아챌 수 있다. 무엇인가가 저편에서 이편으로 소리소문없이 옮아왔다. 누군가의 몸뚱이에 문고리를 만들어 달고, 비상구를 열어두고는 다시 어딘가로 옮아간다. 병이 모두 마르고 말라붙은 살갗에 남을 무늬를 그려보면, 기억은 추억보다 힘이 세고, 생활은 단지 만들어진 것. 맑은 공기와 높은 하늘과 깊은 물이 있다면 더는 바랄 게 없겠지.

빛살이 너무 환해서 하얀색을 덧칠할 수밖에 없었던 어느 날의 풍경화처럼.

*

살림을 꾸리고 동네 문방구에서 금붕어 세 마리 데려왔다. 아내가 맞춤한 어항을 준비했기에. 커다란 장독 뚜껑이었는데 고구마 빛깔로 구워낸 것이, 표면이 까슬까슬하니 숨을 쉬는 것만 같았다. 금붕어는 채송화 씨만 한 초록색 밥을 먹고 산다. '부레병'에 걸리지 않게 아침저녁으로 나눠서 밥을 줬다. 창도 문도 많고, 지붕이 낮은 옛집이라 추위와 더위를 가려 살림을 채우는 데 꼬박 삼 년 걸렸다. 이제 와보니 아이가 태어나기를 기다려 가까스로 가정 하나 만든 셈이다. 아이가 태어나 걷고 말하고 해찰깨나 부릴 즈음, 물고기 이름을 붙여 줬겠지.

올 2월에는 '리본이'가,

올 4월에는 '사랑해요'가,

올 5월에는 '이한마디'가 차례로 물을 떠났다.

금붕어는 7년 이상 산다.

*

'부레병'을 일으키는 건 바이러스일까? 박테리아일까?

박테리아는 '작은 막대'라는 뜻이다. 아마도 배배 꼬인 아이스크림을 신나게 먹고 나면 손아귀에 남는 막대 모양일 것. 안경을 쓰고 돋보기를 들이대면 눈으로 볼 수 있다. 막대를 부러뜨리면 두 개가 되듯, 박테리아는 박테리아를 낳아 기른다.

바이러스는 독이라는 뜻이다. 바이러스를 100마리(?) 이상

모아야 박테리아 한 마리(?)와 맞먹는다. 바이러스는 바이러스를 낳을 수 없다. 살아 있는 무엇인가에 기생해서 산다. 그것도 삶이라고 한다면. 바이러스는 백신(vaccine)으로 항체를 만들어 대신 싸우게 해야 이길 수 있다. 백신의 'vacca'는 소를 뜻한다.

사랑해요랑 이한마디는 산책길에 묻었다.

리본이는 음식물 쓰레기에 섞어서 버렸다.

*

어느 나라의 경전에서.

'병은 저주도, 축복도, 필요도, 욕구도 아닌 사랑으로 만들어졌다. 왜냐하면, 신이 인간을 만들었듯, 병에는 저마다가 태어난 이유 또한 포함되어 있기 때문이다. 약간의 행운과 힘이 남아 있는 시간을 사랑으로 채워라.'

개소리!

*

선율(12)에게 물었다. 마지막으로 축구를 한 게 언제였는지

그것이 아직 병이라 불리기 전까지는 203

기억하니? "이모부······ 세상에!"

민건(8)에게 물었다. 민건이는 봄이 가고 여름이 가도록 노란띠구나. 품새랑 겨루기는 언제 배우는 거야? "음, 이모부, 우리 태권도에는 그런 거 없어요."

열음(6)에게 물었다. 엄마 아빠 손잡고 동물원에 가서 회전목마 탄 게 언제였더라? "아빠가 금요일마다 어린이대공원 학교에서 수업하고 끝나면 보자고 했으니까. 아빠가 알겠지?"

열음이 손잡고 마지막으로 유치원에 간 게 언제였더라, 나마스떼 인사하고 마지막으로 뽀뽀한 게 언제였더라?

*

코르사코프증후군.

만성 알코올 중독증자는 건망증을 앓는다. 한 걸음 나아가 상실한 기억의 빈자리를 자신이 만든 환상으로 채워 넣기까지 한다. 어떤 사회학자는 중독이란 자기만의 서사로 다시 써 나아갈 미래를 오로지 자신만의 것으로 식민화하지 못하는 무능력이라고 썼다. 물론 만성 알코올 중독증자는 살갗에 아로새겨지는 현재를 잃어버린 자이기에 기억의 뿌리조차 상실한 '병자'이지만.

당신이 스스로 자신을 사랑하는 만큼 충분히 '삶에 중독되어 있다면', 당신의 삶 중독이 병이 아니라 미병未病이라면, 환상으로라도 마저 메꿔야 할 기억의 빈자리를 알아챈다는 것은 무능력이 아니라 전능에 가깝지 않을까? 말끔하게 비워내고 나서야 배경이라 흘려버린 것들이 기실其實 중심이었을 수도 있음을 알게 되듯. 모든 관계 속에는 죽어 있는 영역들이 자리하게 마련이다. 사랑해요와 이한마디가 죽고 나서 비늘을 한 장 두 장 몸에서 떼어 수면으로 띄웠듯이, 그것들은 사라질 즈음에야 되살아온다. 그렇게 저마다의 방식으로 되살아오는 영역들이 '생활'이라면, 그 속에서 당신은 어떻게 거리를 둘 것인가?

*

"종강이 다가옵니다. 우리의 강의는 아마도 이렇게 끝날 것 같습니다. 이것은 강의일까요? 우리는 '먼지처럼' 만났습니다. 얼굴도 모르는 사람들 사이를 무한대까지 메워버린 아득한 거리를 미분하며 잠식해가는 존재처럼 말입니다. 그것은 바이러스였습니다. 스스로 무엇도 낳을 수 없으며, 무언가에 기생하는 존재, 독으로 다스려야만 하는 독. 말은커녕 입김조차 같은 공간에 부린 적 없는 우리들이 과연 지난 4달 동안 만남을 이어갔다고 할 수 있는 것일까요? 의문 앞에서 '우리의 수업'은 맥없이 무너지고 맙니다. 어쩌면 모든 강의는 '방백'에 불과했을 수도 있겠습니다. 이번 강의만큼 '한 방향으로 전송되는 말의 권위'에 대해 경계한 적은 없을 듯합니다. 반향조차 없는 가상의 공간에 말을 부렸습니다. 온전히 저만의 공간에 갇힌 채, 차원을 모를 어딘가로 내지르는 아무 말이 수업의 전부였을 수도 있습니다. 맥없이 들릴 수도 있겠지만, 이번 강의는 저에게 이런 숙제를 남겼습니다. 너는 더는 누군가의 선생이 아니다. 어쩌면 영영 누군가의 선생일 수 없을 것이다."

*

개강이 3주 늦어졌다. 시작은 예외상황이었으니, 마무리나마 말끔히 매듭지으려 미리 편지를 써두고 봄을 맞았다. 아내도, 아이도, 나도 모두 집 밖으로 나가지 않고 동시에 각자의 일을 '방해 없이' 해내기 위해서는 지극히 사적인 동시에 집합적이고 또 연합적인 상상력이 필요했다. 정해진 시간에 일어나서 손을 닦고 밥을 먹은 다음 할 일을 하면 되겠지. 집을 만드는 것은 공간이 아니라 시간이라는 것을 알게 되었다. 아내에게도, 아이에게도, 나에게도 스스로 자신을 호명할 수 있도록 마련된 유일한 시간과 오롯한 자리가 정해져 있었고, 마치 톱니가 맞물리듯 오밀조밀 엮이며 '3명의 삶'이 하나로 모인 곳이 바로 집이었다는 '평이한 진리'를 뒤늦게 깨달았다. 아이와 아침을 먹고 밀린 잠을 청한다. 밀린 일은 밤새 하는 수밖에. 7월 말이 되어서야 학기가 온전히 끝났다. '번아웃(Burnout)'에 불면이 왔다.

물론 저 우스꽝스럽도록 비장한 편지는 아무에게도 부치지 않았다.

*

아이가 태어나기 전에는 아내의 직장까지 함께 출근했다. 마지막 몇 주 동안은 걷기도 힘들었는데, 어느 날에는 아무도 자리를 비켜주지 않았다. 아이를 유모차에 앉히고 연애 시절 헤맸던 홍대를 들렀다. 근사한 집에서 스테이크에 와인을 주문했는데 입장을 거부당했다. 아이가 걷기 시작할 무렵에는 교외로 소풍을 다녔다. 포대기에 싸인 아이가 울음을 터트린

버스에서 쫓겨난 여름, 어느 낯선 동네, 거짓말처럼 소낙비가 퍼부었던가?

청승맞게 '웃펐던' 기억마저 그리워진다.

소년이 된 물고기는 여느 날처럼 집으로 돌아왔겠지. 물고기가 된 소년이 물었어. 고백은 받아줬어? 축구부 녀석들이 뭐라고 했어? 음악 시험은 어떻게 됐어? 왜 아무 말이 없는 거야? 소년이 된 물고기는 물고기가 된 소년을 어항에서 꺼낸 다음 욕실 바닥에 가만 내려놓았다.

*

어릴 적, 볕 좋은 날에는 마당 귀퉁이 송아지 우리 곁에서 작은할머니 어머니랑 짚을 고이고 앉아 강아지 털을 골라 이를 솎았다. '도래버짐'이 옮았다. 귀를 덮은 '바가지 머리', 생머리를 골라가며 약을 바르기 귀찮았던 거다. 어머니는 내가 잠든 사이에 머리카락을 모조리 밀어버렸다. 도래버짐은 두부백선인데 잘 씻지 않고, 잘 먹지 않는 아이만 골라 머리통에 똬리를 튼다. 교탁 옆 창가에 따로 띄워둔 자리에 앉아 외따로 수업을 들었다.

열 살 무렵 늦가을이었는데, 머리를 박박 밀린 그날 아침에는 유독 이슬이 영롱했다. 바지춤이 다 젖는 줄 모르고, 풀이 무성한 논길을 돌아서 길을 잡았다. 논물에 머리를 처넣어도 봤다가, 언덕 너머 과수원집 할아버지가 만들어준 마늘 냄새가 독한 약을 발라봤다가…… 선생님 얼굴 한 번, 짝사랑하던 아이 얼굴 한 번 떠올려보다가. 함석으로 만든 방앗간 벽에 뚫린 '개구멍'으로 들어간 다음, 왕겨에 머리를 파묻고 잠이 들었다.

*

어안魚眼에 가득 차 안기는 여름 하늘, 구름 하나 없다.

맞은편 집 2층 창문 위턱에는 비둘기들이 떼 지어 앉았다. 지하에는 제동이 할머니가 살고 있다(『밤이 계속될 거야』, 민음사). 제동이 할머니 옆집에는 비둘기 모이를 주는 아주머니가 살고 있다. 겨울이면, 둘은 우리 집 대문턱에 자리를 깔고 해바라기하고 앉아서 비둘기를 불러 모은다. 마치 소매 깊숙이 감추어둔 햇살을 흩어서 뿌리듯.

골목을 나서면 길가로 송천생고기(『밤이 계속될 거야』, 민음사) 할머니가 손을 들어 인사를 건넨다. 거기서 미장원 지나, 피아노학원 지나 아이 걸음으로 50번 발을 떼면 학교 정문이다. 보안관 할아버지 선생님이 모자를 벗으며 다가오시겠지. "열음이 왔구나." 모자를 벗으며 다가오시겠지, 다가오시겠지, 다가오시겠지…….

이 문장의 동사는 추측이거나 예언이거나 가정이다.

*

일주일에 세 번, 식구와 손을 잡고 걸었던 대학로 언덕길, 화전이거나 왕십리거나 온수거나 아이들을 만나러 뛰어다니던 강의실 근방이거나…… 생활이라 여겼던 시공간을 메꾸었을 동선動線들이 지워지자 기억이 멎는다. 늘 소란스러웠고, 번잡했기에 뒤로 물리려 애썼던 길들. 때로는 피해 가려 발버둥쳤고 내가 '우리'라 여겼던 삶의 반경 너머로 밀어내어 한사코 배경으로 밀쳐버린 길들, 그 거리가 결국엔 '생활'이었음을 알겠다.

아무도 없는 시간을 살아낸 다음 뒤돌아보니, 아무나 스쳐지나던 순간들이 누구나 곁에 있었던 '삶'이었음을 알겠다.

서재 창을 열면 마당, 마당 너머 대문 지나 맞은편 집, 그 집 2층 창턱에는 변함없이 비둘기들이 떼를 지어 모이를 기다린다. 단정하게 귓바퀴 뒤로 넘겼던 단발을 어느새 목 언저리

까지 기른 제동이 할머니는 대문에서 골목으로, 골목에서 대
문으로…… 마스크도 없이.

*

절벽을 기어오르다 떨어져 죽은 아이는 새가 되었다. 높은
곳에서 떨어진 기억 때문에 새는 낮은 덤불만을 골라서 기어
다녔다. 거기 집을 꾸리고 식구를 만났다. 새는 덤불 속에 알
을 낳아 길렀다. 새는 날개로 가시를 밀어내며 알을 품었지
만, 알은 가시에 찔려 부화했다. 새끼 새는 눈이 멀거나, 날개
가 찢어진 채로 세상에 나왔다.

자고새.

자고새는 높이 날지 않는 습성이 있다. 자고새는 날개로 물
살을 스치듯 날아 낮은 나뭇가지 아래로 활공한다. 자고새는
알을 많이 낳는다. 그걸로 모자라 다른 새의 알을 훔쳐다가
품기도 한다. 매 순간을 온몸으로 느끼면서 살아가지만, 단
한 순간도 기억하고 회상할 수 없는 몸이 지르는 비명과 웃음
을 상상해 보라. 자고새가 날아간다.

지붕에 걸친 덩굴장미 가시가 처마를 긁는 소리.

누군가 함석 벽에 대고 당신의 이름을 새겨 넣는다.

가렵겠지, 온몸이. 삶이, 생활이 마구마구 가렵겠지.

＊

미병未病이어서 나는 당신을 생각할 수 있다.

병이 옮아간다는 것은, 서로 다른 두 몸 또는 그 이상의 몸뚱이가 똑같은 '내적 상황'을 나누어 가진다는 뜻. 바이러스는 독이라는 뜻이다. 몸은 전염의 표지이고 바이러스의 숙주다.

미병이어서 당신과 나는 똑같은 가능성을 나누어 가진다.

진저리가 쳐지는 우연을 상상하며, 내부를 외부에 돋을새김한다. 몸뚱이에 돌출부가 생기겠지. 누군가 문고리를 잡아당길 테고. 바이러스는 내 몸에서 당신의 몸으로, 문고리를 잡아당기고는, 문 안에 마련된 살림으로, 당신의 내부로 이행한다. 바이러스는 바이러스를 낳을 수 없다. 아직 그것이 병이라 불리기 전까지는. 바이러스는 또 다른 독을 항체로 취해 싸우게 만들어야 이길 수 있는 독이다.

백신의 'vacca'는 소라는 뜻이다.

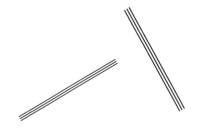

코로나 속에서 발견한 작은 행복

장은아

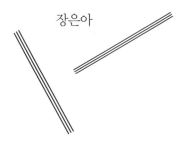

장은아

1965년 서울 출생.
2002년 미주 한국일보 단편소설 당선.
2003년 제5회 재외동포 문학상 수필부문 우수상.
작품으로 첫 장편소설 『눈물 속에 핀 꽃』이 있다.

처음 중국 우한에서 시작된 코로나 바이러스 얘기가 들릴 적만 해도 나는 그저 먼 나라 이야기로만 생각했다. 중국에서 먼 미국에 살고 있기에 더 그랬던 것 같다. 사태는 생각보다 심각했고, 코로나 바이러스 감염증 환자가 급증하자 한국 사람들이 모두 마스크를 착용하고 다니는 걸 TV 뉴스를 통해 보면서도 이 문제가 나에게 직접적인 관계가 있다고는 생각하지 못했다. 그저 한국이 어서 빨리 그 어려운 시기를 잘 극복해내기만을 바랐다.

그때만 해도 미국에서는 아무도 마스크를 착용하고 다니는 사람이 없었다. 미국에서는 마스크를 착용하면 감염환자라는 인식이 있기 때문에 마스크를 쓰고 거리를 다니면 주변에서 따가운 시선을 보냈기 때문이다. 한국에 계신 친지 분들과 통화를 하면서 '마스크를 꼭 쓰고 다녀야 한다.'는 염려 섞인 말에 그저 건성으로 "네, 네, 염려마세요." 대답만 할 뿐 내가 실제로 마스크를 쓰고 다니게 될 거라고는 생각하지 못했다. 당시에는 미국 내에 마스크 물량이 넉넉하지도 않았고 마스크가 있어도 그건 모두 의료진들의 몫이었지 일반 시민들에게까지 주어질 수가 없었다. 속 모르는 나는 '이 사태가 얼마나 가겠어? 요즘이 어떤 시대인데. 잠시 이러다 말겠지.' 하는 안일한 마음으로 무사태평이었다.

2019년 겨울을 보내고 2020년 초에 접어들면서 미국 내의 상황도 심각해졌다. 이미 지난해 말부터 중국의 무역선이 출항하지 못했기 때문에 미국 내 유통이 원활하지 못했고, 그로 인해 도소매 사업체들이 힘겨워지고 있었다. 엎친 데 덮친 격으로 미국까지 전파된 코로나 바이러스의 위력은 대단했다. 경제적인 문제와 질병의 문제가 동시에 발생한 것이다. 회사들이 문을 닫고 재택근무를 시작한 것과 별개로 대규모의 노동자 해고 사태가 벌어졌다. 내가 다니던 회사도 예외는 아니어서 30% 이상의 직원을 대대적으로 해고하는 데에 이르렀다. 코로나 바이러스는 결코 먼 남의 나라의 이야기가 아닌 바로 나에게 닥친 일이었다. 뒤늦게 사태 파악을 한 나는 불안해지기 시작했다. 동시에 미국에도 코로나 감염자가 속

출하기 시작하면서 사회는 더욱 혼란스러워졌다. 불안해진 시민들은 인종 차별적 범죄를 서슴지 않았다. 백인들이 동양인을 비하하고 차별하고, 흑인들 역시 동양인을 표적으로 주먹을 휘두르는 폭행뿐만 아니라 얼굴에 염산을 뿌리는 등 무시무시한 범죄를 저질렀다. 마스크를 쓰면 썼다고, 마스크를 쓰지 않으면 안 썼다고 폭행했다. 마스크를 쓰라고 지시한 버스 운전기사를 폭행하기도 하고, 거리두기를 강요하는 매장 직원을 총으로 쏴 살인을 저지르기도 했다. 불특정 다수에게 화가 난 사람들은 화풀이 할 대상을 찾는 듯이 보였다. 그 와중에 마스크 값은 천정부지로 뛰어올라 마스크 대란이 일어났다.

　회사와 상점들이 문을 닫아버린 도시는 유령도시처럼 텅 비었고 분주하게 거리를 오가던 행인도 찾아볼 수 없었다. 그 틈을 노려 폭동을 일으키고 약탈을 하는 사람들까지 생겨났다. 사람들의 지성이나 도덕성은 그 환경이 받쳐줄 때에만 빛이 나는 모양이었다. 상점에는 당장 먹을 쌀도 화장지도 없었다. '이런 게 전쟁이구나.' 식구가 많은 나로서는 전쟁을 만난 듯 두려웠다. 상점을 돌아다니다가 쌀이 눈에 보이면 두 포대씩 사다 날랐다. 한 사람 앞에 두 팩씩만 판매하는 화장지를 남편과 내가 따로따로 매장에 길게 줄을 서 있다가 마치 배급받듯이 어렵게 구했다. 그러는 가운데 남동생의 친구가 코로나로 사망했다는 소식을 들었다. 남동생이 고등학교에 다닐 적부터 친구였고 각자 결혼하여 가정을 이루고도 여전히 친구로 지내고 있던 터라 나에게도 그 이름이 귀에 익었다. 가슴이 먹먹했다. 내가 아는 가까운 사람이 코로나로 인해 사망하는 첫 사건이라 믿을 수가 없었다. 그 사실을 확인이라도 시켜주듯 미국 주요 TV에서도 동생 친구의 사망 소식을 전했다. 코로나로 사망한 첫 동양인이었기 때문이었다. 게다가 평소에 내가 늘 다니던 슈퍼마켓의 점원도 코로나로 사망하는 바람에 매장을 폐쇄하기에 이르렀다.

코로나로 인해 사망한 사람들의 유가족들은 시신이 어디에 어떻게 모셔졌는지도 알지 못한 채 짧게는 몇 주, 길게는 두어 달이 지나도록 손 놓고 행정처분만 바라고 있어야 했다. 오랜 세월 같은 교회를 섬기던 장로님 한 분 역시 이번 코로나 사태로 희생되었다. 그 기가 막힌 소식에도 유가족을 찾아가 문상조차 할 수 없었다. 장례식은 언감생심, 장지에서 직계 가족들만 한 곳에 모여 있지도 못한 채 띄엄띄엄 따로 떨어져서 하관하는 모습을 지켜보아야만 했다. 나는 그 모든 장면을 고인의 조카가 전송하는 실시간 라이브 방송을 통해서 볼 수 있었다. 그때까지 선진국으로 알고 있었던 미국은 의료와 질병관리 후진국이라는 손가락질과 불명예를 얻었다. 6월로 잡혀있던 친구 딸의 결혼식 역시 내년으로 연기했다고 들었다. 코로나가 언제쯤 잠잠해질지 알 수 없는 상황이라 날짜를 따로 정하지도 못했다. 이처럼 결혼식, 장례식, 사람들이 모이는 파티 일정들이 제대로 진행되지 않으니 꽃을 구하기도 하늘에 별 따기였다. 코로나로 황망하게 남편을 잃은 미망인에게 꽃 한 송이조차 위로의 선물로 전할 수가 없었다. 화훼농장에서 아예 화훼 밭을 그대로 갈아엎었다는 뉴스를 들었다. 어느 것 하나 제대로 돌아가는 일이 없었다. 어떻게 이런 일이 생길 수가 있는 것인지. 그야말로 전쟁이었다. 재난영화에서나 접하던 일들이 현실이 되어 내가 직접 체감하고 있다. 이런 일이 생길 줄 상상이나 해봤던가. 이런 일을 겪고 보니 지난해 10월 황망하게 천국으로 떠나신 친정어머니가 생각났다. 이런 날이 오기 전에 가신 것이 얼마나 다행인지. 마음껏 향기로운 꽃을 풍성하게 장식하고, 찾아주신 많은 조문객들의 위로를 받으며 은혜롭고 아름답게 치러낼 수 있었던 장례식이 얼마나 감사한 일이고 큰 축복이었는지 새삼 깨달았다.

최첨단 과학기술을 자랑하는 21세기에 몰아닥친 전염병 재앙으로 나 역시 생각지도 않게 회사에 나가지 못하고 집에 머물게 되었다. 대학교 1학년 때 시작한 아르바이트는 업종을 바꿔가며 졸업할 때까지 쭉 이어졌다. 그렇게 시작한 일은 대학을 졸업한 이후 직장으로 이어졌고, 미국에 와서도 계속해서 직장에 다녔다. 헤아려보니 꼬박 35년을 쉼 없이 달려왔다. 말로는 다 때려치우고 전업주부로 살고 싶다고 노래를 불렀지만 실제로는 그럴 엄두를 내지 못했다. 당장 먹고 사는 일이 급했고 불투명한 앞날이 불안해서 그랬다. 그런데 내 의사와는 전혀 상관없이 하루아침에 집에서 노는 백수신세가되었다. 당장 눈앞에 보이는 것이 없는 암담한 상황에서 나는 그저 두려웠다. 나의 앞날이 어떻게 펼쳐질지……. 계획에 없던 나의 '주부 생활'이 시작되었다. 늘 꿈 꿔왔던 전업주부 노릇을 하게 됐지만 당황스러웠다. 늘 직장생활을 핑계로 살림은 뒷전이었던 데다 나 대신 살림을 하고 아이들을 키워주신 친정어머니가 함께 살고 있었기 때문에 나는 자타가 공인하는 '불량 주부'였다. 밥이나 겨우 할까 국 끓이고 반찬 만드는 일은 먼 남의 나라 일이었다. 친정어머니가 편찮으실 때는 적당히 대강대강 살림을 해도 이해가 되는 시간이었다. 어머니 병수발과 직장생활을 계속해야 하니 가족들은 어딘가 모자라고 부족해도 오히려 더 나를 이해하고 격려해주었다. 하지만 1년여 투병생활을 끝으로 어머니가 돌아가신 이후 엉뚱하게 찾아온 내 주부생활은 달랐다. 나이 쉰넷을 넘기고야 처음으로 밥도 하고 국도 끓이고 김치도 담그며 신참 주부노릇을 시작하였다.

일이 바빠 밤이 깊어서야 파김치가 되어 퇴근하던 아들이 재택근무를 시작했다. 기숙사에 머물러야 했던 딸이 학교에서 기숙사 퇴소명령을 내린 바람에 집으로 돌아왔다. 남편 역시 코로나로 일을 할 수가 없어서 집에 머물고 있었다. 함께 살고 있는 여동생 역시 집에서 온라인으로 재택근무를 시작했다. 멀리 타주에서 직장생활을 하던 조카까지 2020년 10월 말까지로 결정된 재택근무 계획으로 뉴저지 집으로 돌아왔다. 흉흉한 시기에 타지에서 홀로 지내는 게 불안했던 이유다. 뿔뿔이 흩어져 있던 식구들이 한데 모였다. 요즘에 보기 드문 대식구라 삼시 세끼 식구들 밥해 먹이는 일만으로도 정신이 없었다. 거기다 친정아버지는 삼시 세끼 국이나 찌개가 반드시 있어야 하는 오리지널 한식만을 고집하시니 그 식성을 맞춰드리는 일도 버거웠다. 밥해 먹고 상 치우고 겨우 설거지 마치고 나면 다음 끼니를 또 챙겨야 했다. '옛날 어머니들이 이런 살림을 어떻게 살았던 것일까?' 새삼 오래전 살다 떠나신 어르신들의 삶이 경이롭게 느껴졌다. 생전 해보지 않은 살림이라 반찬은 뭘 만들어야 하는지, 날마다 메뉴를 생각하느라 머리를 쥐어짜야 했다. 당장 뭘 해먹여야 할지 눈앞이 캄캄한데도 지나고 보면 어느새 한 끼 먹고 지나갔다는 것이 기적이었다.

점심을 먹고 나서 설거지를 하고 있는데 나를 도와 상을 치우고 반찬그릇을 냉장고에 넣고 난 딸이 가만히 내 등 뒤에서 나를 끌어안았다.

"엄마가 집에 있으니까 참 좋네. 집 안이 밝아진 느낌이야."

"……."

순간 나는 아무 말도 하지 못했다. 딸아이가 태어나고 자라서 스무 살이 넘을 때까지 나는 한 번도 집에 있어준 적이 없었다. 분주한 출근길에 겨우 학교에 차를 태워다준 일 말고는 그 애가 학교가 파해서 집으로 돌아왔을 때 따뜻하게 맞아준 일도 없었고, 학교에서 돌아온 아이에게 따뜻한 밥을 차려준 일도 없었다. 아이와 놀아주지도 못했고 아이의 숙제를 봐주지도, 책을 함께 읽어주지도 못했다. 늘 함께 하고 싶었지만 한 번도 그렇게 해주지 못했다. 몰랐던 일은 아니지만 꼼꼼히 되짚어 본 적이 없었다. 미처 생각해 보지 않았던 일이다. 스무 해가 넘도록 집 안에 엄마가 있는 풍경을 보지 못하고 자란 딸에게 갑자기 미안해졌다. 가슴이 쿵, 울리더니 가슴 깊은 곳에서 뜨거운 눈물이 솟구쳤다. 나는 수도꼭지를 잠그고 끼고 있던 고무장갑을 벗었다. 그러고는 내 등에 매달려 행복한 목소리로 '엄마가 집에 있어서 좋다.'는 딸아이를 내 앞쪽으로 끌어다 두 팔로 꼭 끌어안아 주었다.

"미안해. 엄마가 미안해. 오랜 세월 널 혼자 두어서 미안해. 네가 엄마를 필요로 했던 그 시간에 엄마가 함께 있어주지 못해서 미안해."

설거지를 하다말고 딸아이를 끌어안고 오열하는 나 때문에 딸아이가 당황했다.

"엄마, 그런 뜻이 아니야. 엄마가 그동안 나에게 잘 못해주었다는 말이 아니었어. 나는 그냥 지금 이 시간에 엄마가 집에 있는 것, 나와 함께 같은 공간에 함께 있는 것이 좋아서 그런 거야."

당황한 딸아이는 어린아이처럼 꺼이꺼이 울고 있는 나를 오히려 달래느라 애를 먹고 있었다.

"엄마가 우리를 위해 누구보다 최선을 다했다는 걸 내가 아는데……. 울지 마 엄마. 엄마가 없었어도 엄마가 없는 그 자리에 할머니가 계셔서 잘 챙겨주셨기 때문에 나는 아무것도 부족한 거 없이 잘 자랐는걸."

늘 전업주부로 살고 싶다고 노래를 불렀어도 그건 언제나 내 위주의 생각이었다. 다른 주부들처럼 집에 머물고 싶다는. 다른 엄마들처럼 아이들 곁에서 그 애들이 자라는 걸 보고 싶다는. 내 아이들의 시각으로 그 애들이 자라면서 나를 필요로 하는 그 순간에 그 자리에 있어주지 못한 엄마로서의 나는 미처 생각해보지 못했다.

'엄마가 집에 있으니까 참 좋네. 집 안이 밝아진 느낌이야.' 딸아이가 한 말에 내 머릿속에 가득 찼던 두려움의 먹구름 뒤로 한 줄기 빛이 비쳐들었다. 먼 데서 지지배배 맑은 새 소리가 들려온 것 같은 착각이 일었다. 아이들이 어릴 때는 그야말로 3대가 함께 사는 대가족을 이루고 살았다. 식구들이 모여 앉으면 8인용 대형 식탁이 꽉 찼다. 뉴욕에 따로 나가 사는 남동생네까지 모이면 식탁을 이어 붙여야 다같이 밥을 먹을 수 있었다. 어수선하고 분주한 집안 분위기에 퇴근해서 돌아오면 다음날 출근할 때까지 정신이 없었다. 참새처럼 재잘거리는 아이들 얘기소리에 어른들이 대화를 할 수 없었다. 어른들 말씀하시는데 조용히 좀 하라고 괜히 잘못하지도 않은 아이들을 나무랐다. 그때는 잠시라도 조용할 새가 없었다. 이놈과 저놈이 들러붙어 싸우고 그 중 한 놈이 우는가 싶다가 어느새 또 다른 한 놈이 들러붙어 싸운다. 그러다가 금세 또 언제 울었나싶게 키들키들 웃음소리가 터졌다. 우당탕퉁탕 집안에서 들뛰고 숨바꼭질을 했다. 서랍장 서랍을 계단처럼 빼놓고 밟고 올라가다가 서랍장을 통째로 넘어뜨리기도 했다. 날쌔게 몸을 피해 다친 데가 없이 나타난 아이를 끌어안고 천만다행이라고 가슴을 쓸어내렸다. 하루도 조용한 날이 없었다. 날마다 불야성을 이루는 유원지에 사는 것 같았다. 늘 들뜬 것 같아서 고요하고 안정된 시간을 가질 새가 없었다. 제발 단 하루라도 고요한 나만의 시간을 갖기를, 조용하게 일기를 쓰며 하루를 마감할 수 있기를 소원했었다.

어느덧 세월이 흘러 아이들이 자라서 하나 둘 집을 떠났고 집안에는 어른들만 남았다. 그런 날이 올까 싶었던 조용한 날들이 생겼다. 식사시간이 되었어도 누구하나 떠드는 사람이 없다. 식탁의 절반을 비운 채 식탁 한쪽 끝에 어른들 몇이 옹기종기 모여 앉아 밥을 먹는다. 예전에는 할말도 많아서 아이들 조용히 시키느라 바빴는데 이제는 묵묵히 자기 몫으로 주어진 밥공기 비우는 일에만 몰두했다. 집 안이 원래 이렇게 휑했나. 그날이 그날 같고 자고 나도 날마다 똑같은 하루가 펼쳐졌다. 단 하루만이라도 간절했던 고요한 시간은 날마다 주어졌지만, 그 시간을 내가 생각했던 것만큼 의미 있게 보내지 못했다. 복잡하고 시끄러워도 그때가 행복한 때였구나. 아직 어린 아이들이 곁에 있을 때가 그래도 좋은 때였구나. 사람은 왜 언제나 소중한 걸 뒤늦게 깨닫는 것인지…….

그런데 엉뚱하게도 재앙 같은 코로나가 그리웠던 그 시간을 되찾아 주었다. 마치 시간여행을 하듯이 예전의 그 시간으로 되돌아갔다. 뿔뿔이 흩어져 있던 아이들이 거짓말처럼 한데 모였다. 같은 시간 같은 공간에 어른들이 함께 지내게 되었다. 이런 날이 다시 올 줄은 상상도 하지 못했었다. 주말 아침 창밖을 내다보니 모처럼 만난 딸아이와 조카딸이 잔디밭 위에 깔아놓은 요가매트 위에서 컴퓨터 유튜브에서 나오는 요가 동작을 따라하고 있다. 어려운 동작을 따라하는 서로의 동작을 보며 자기들끼리 웃음꽃을 터뜨렸다. 집 안이 다시 소란스러워졌다. 코비드 팬데믹으로 어수선하고 흉흉한 가운데에서도 가족이 모이니 믿기지 않는 평화롭고 아름다운 풍경이 펼쳐졌다. '이런 게 행복이구나.' 그 모습을 바라보며 나도 모르게 내 얼굴에도 빙그레 미소가 걸렸다. 그건 어려운 중에도 내 인생에 가장 소중한 것들이 무엇인지를 발견하고 깨달을 수 있는 기쁨의 미소였다. 코로나 사태가 언제 진정될지 알 수는 없으나 언제든 진정이 되는 날이 올 테지. 아이들은 다시 제각각 제자리를 찾아 돌아갈 테고, 그러다가 금세 저마다 자기 짝을 찾아 가정을 이루어 훨훨 둥지를 떠나겠지. 지금 내가 바라보는 이 행복한 풍경도 꿈결처럼 사라지는 날이 오겠지. 그래서 더 이 순간이 소중하게 느껴졌다.

문득 한동안 소식이 없는 옛 직장 동료가 떠올랐다. 내 코가 석자다 보니 미처 그를 챙겨보지 못했다. 안부전화를 걸어보니 그는 지난 한 달간 크게 앓느라 죽다 살아났다고 말하며 수화기 너머에서 껄껄 웃었다. 그 소리에 나는 깜짝 놀라서 가슴이 덜컥 내려앉았다. 그는 멋모르고 앓고 지나갔지만 뒤늦게 검사를 받아보니 코로나에 감염되었던 모양이다. 부부가 모두 코로나를 앓느라 아무것도 할 수가 없었는데 그 와중에도 챙겨야 할 어린 아이들이 둘이나 있어서 힘이 들었다고 했다. 다행히 또 다른 직장 옛 동료가 집 앞에 약품과 음식물과 간단한 식자재가 담긴 상자를 몇 번이나 두고 가서 그 시간을 견뎌낼 수 있었다고 했다. 가까이 살면서도 미처 헤아려 챙겨주지 못했던 미안함에 가슴이 먹먹해져서 나는 차마 수

화기 너머에서 웃고 있는 그와 함께 웃을 수가 없었다. 내가 하지 못한 일을 누군가 마음 써주고 음식물을 챙겨주었다는 사실에, 그래서 동료 부부가 살아날 수 있었음에 가슴만 쓸어내렸다. 그냥 앓고 지나만 가도 몸에 남는 후유증이 크다는데 이 부부가 괜찮을지 염려가 된다. 더 많은 희생자가 생기기 전에 어서 이 코로나 사태가 진정 되기를 바랄뿐이다. 어서 평화로운 시간이 되어, 그 친구를 만나 코로나의 악몽에서 살아남아 준 고마움과, 어려웠던 그의 시간을 함께해 주지 못한 미안함을 전하고 싶다.

사람에게 가장 소중한 것은 무엇일까. 사람이 세상을 살아가는데 필요한 것은 상대를 깊이 이해하며 그 시간을 함께 견뎌주는 서로를 향한 마음과 사랑이 아닐까. 밤이 깊어야 별은 더욱 빛난다고 하더니 어쩌면 두렵고 암울한 코로나로 인해 내게 가장 소중한 것들이 무엇이었는지 되짚어 볼 수 있었는지 모른다. 그래서 사는 건 언제나 모순의 연속이다.

사진을 많이 찍고 이름을 많이 불러줘

초판 1쇄 인쇄일 • 2020년 9월 10일
초판 1쇄 발행일 • 2020년 9월 15일

지은이 • 김안 김엄지 김유담 김진규 김혜나 손보미 신동옥
　　　　이병국 임성순 장은아 정무늬 최미래 최지인
펴낸이 • 임성규
펴낸곳 • B_공장

등록 • 1988. 11. 5. 제 1−832호
주소 • 서울시 성북구 동소문로 65−2 삼송빌딩 5층
전화 • 928−8741~3(영) 927−4990~2(편)
팩스 • 925−5406

전자우편 munidang88@naver.com

ISBN 978−89−7456−530 − 5　03810

값은 뒤표지에 표시되어 있습니다.

B_공장은 문이당 출판사의 임프린트입니다.